시 보다 2021

시 보다 2021

펴낸날 2021년 11월 2일
지은이 강보원 강혜빈 김리윤 류진 박세미
박지일 백은선 안태운 임유영
펴낸이 이광호
주간 이근혜
편집 이민희 최지인 조은혜 박선우 방원경
펴낸곳 ㈜문학과지성사
등록번호 제1993-000098호
주소 04034 서울 마포구 잔다리로7길 18(서교동 377-20)
전화 02) 338-7224
팩스 02) 323-4180(편집) / 02) 338-7221(영업)
전자우편 moonji@moonji.com
홈페이지 www.moonji.com

ISBN 978-89-320-3913-8 03810

시 보다 2021

강보원
강혜빈
김리윤
류진
박세미
박지일
백은선
안태운
임유영

문학과지성사

차례

강보원

시 거위 소녀 11

완벽한 개업 축하 시 15

훔쳐 쓰기로 결심하는 시 23

그림 그리기 준비 32

토토의 아침 식사 34

졸린 밤의 이야기 36

산문 우리에게 일어나는 일들 37

강혜빈

시 눈사람을 보면 이상해 41

숙아, 하고 부르면 47

이 비 51

대저 짭짤이 토마토의 미래 55

오야소의 기쁨 59

참외주스가 있는 테이블 63

산문 미래, 가능성, SF, 미완성, 뉴 노멀, 바이러스, 연결과 단절 66

ㄱㅣㅁㄹㅣㅇㅠㄴ

시 재세계reworlding 71
근미래 74
사실은 느낌이다 78
작고 긴 정면 82
관광觀光 86
관광觀光 90

산문 투명도 혼합 공간 92

ㄹㅠㅈㅣㄴ

시 그게 아니고 마도요 99
양강공에게 술 취한 도사 모양 돌이 있어 이 시를 읊음 102
타바스코 독백 104
멀가중멀가중멀중가중 107
시인의 말 112

산문 라면 요리왕〈---이거 꼭 봐야 됨 136

박세미

시 순환세계 141

현실의 앞뒤 143

부정적 유산 145

장식 147

보이드 148

백내장 151

산문 맥락 152

박지일

시 큐브 157

저기… 눈송이를 한 알씩 따서 바구니에 담고 있는 나의 앤에게 160

휴일 162

사카린 프로젝트 165

머멀리거 167

이바구 169

산문 놀이터 172

히드라 173

~~놀이터#3-1~~ 174

광역버스 175

백은선

시 붉은 개와 붉은 개 닿기 179
비밀과 질문 비밀과 질문 182
상자를 열지 않는 사람 184
상자를 열지 않는 사람 188
상자를 열지 않는 사람 192
픽션다이어리 203

산문 대답 없는 질문 212

안태운

시 문득 그 계절이 되는 217
그날의 빛 날씨 220
이국 정서 223
행인들 227
사랑을 굴러가게 한다고 그런 사랑이 230
금일 233

산문 할머니 235
7. 29. 237
이국 238

임유영

시 정확한 죽음의 시각을 기록하기 241
부드러운 마음 243
부드러운 마음 245
꿈 이야기 249
헤테로포니 251
자연스러운 일 254

산문 물 한 사발 256

기획의 말 260

강보원

시와 평론 등의 글을 쓴다.
시집 『완벽한 개업 축하 시』, 공저 『셋 이상이 모여』가 있다.

「거위소녀」「완벽한 개업 축하 시」「훔쳐 쓰기로 결심하는 시」「그림 그리기 준비」의 출처는 『완벽한 개업 축하 시』(민음사, 2021)이며 본사의 원칙에 따라 일부 표기를 수정했다.

거위 소녀

너는 거위 두 마리를 데리고 다닌다 너는 거위 소녀다 거위는 희고 부드럽고 누르면 꾹 들어간다

이상한 소리로 울었다 네가 웃는 소리는 거의 우는 소리처럼 들린다 너는 거의 소녀다 너는 그렇게 생각한다

거의 그렇다고, 아니면

거의 그럴 뻔했다고

너는 밤이 폭신한 흰 털같이 깔린 부엌에서

두부를 데치고 나물을 무치지만

박하 향처럼

머릿속은 알싸하고 콕콕 찌르는 것들로 가득하다

그러니까

너를 거위로부터, 거위를 너로부터 해방시켜줄 수 있었던

거의 그럴 뻔했던 것들의 목록:

— 너는 머리를 두 갈래로 땋은 적이 있다

— 너는 돈키호테를 베껴 쓴 적이 있다

— 너는 짓무른 딸기 때문에 화를 낸 적이 있다
— 너는 탈무드를 읽다 궁금한 적이 있다; 누가 두 아이를 굴뚝으로 데려갔을까?

그리고 몇 가지 질문이 더 있었지만
그것들은 지나가버렸다

너는 거위 두 마리를 기른다 거위는 행성들, 추운 날씨,
고아들에 익숙하며, 꽥꽥,
우는 소리는 낯선 이를 내쫓기에 좋다 밤늦게
발을 동동 구르기에 좋게 넓적한 노란 물갈퀴가 있고
물에는 뜬다, 둥둥
물에는 뜬다, 둥둥

떠가는 구름을 따라 호수로 들어갔다가
얼굴에는 검은 재를 묻히고 나와

노란 우비를 입은 소녀가 웃는다 웃는 얼굴로 웃는다 우는 얼굴로 울었다;
그런 이야기로 네 윗입술 어디쯤에 은빛 낚싯바늘이 되어 박혀 있는

거의 연애일 뻔했던 연애
거의 마음일 뻔했던 마음을 그러나

너는 매일 베이킹파우더를 뿌려 문질러 닦는 것인데 그렇게 반들반들해진 욕조가
이상하게도 거위 두 마리의 무게, 두 팔을 뻗어 품에 안으면 겨우 안아지는
딱 그만큼의 부피와 딱 그만큼의 부드러움으로 만들어진 것 같아서

또 한 장의 접시를 찬장에 포개어 올려놓으며 거위 소녀,
너는 생각한다
슬픔은 동그랗게 속이 빈 뼈를 가지고 있어서
보기보다 가볍고 금방이라도 날아가버리는 것 같다고
네가 소녀이던 시간은 영영 지나가버렸다고
거의 그렇다고, 아니면
거의 그럴 뻔했다고
그러니까
네가 거위로부터, 거위가 너로부터 빼앗아 갈 수 있었던

거의 그럴 뻔했던 것들의 새로운 목록:

— 망가진 작은 텃밭

— 네덜란드행 비행기 티켓

— 거위들의 우스꽝스러운 발자국

— 짓무른 딸기 향

완벽한 개업 축하 시

그의 친구가 말했다

“나 이번에 개업을
하게 됐는데 축하 시 좀 써줘.”

그들은 벤치에 앉아
테니스공을 허공으로
던졌다가
다시 받으며
놀고 있었다

“응, 알았어.”
그는 대답했다

그는 아마추어
시인이고
문예지에 발표한 시는

아직 없지만
시에 대해
많은 걸 알았고 또
많은 걸
모르기도 했다

그들은 테니스공을
조금 더 던지고
받고
하며 놀다가 헤어졌다

집에 돌아와
그는 생각했다 이 시를 쓰기 위한
몇 가지
조건이 있다
추상적일 것 그래야
다음 사업 때도
이 시를 벽에 걸 수 있을 테니까
그런 것들
또 무엇보다 이 시에는
기쁨이

있어야 한다

그는 모니터 앞에
앉아
개업 축하 시를
열심히 떠올렸지만
잘 생각이
나지 않았다

일주일
열흘
다섯 달
예닐곱
해 정도가
지났다

그는 반으로 쪼개진
양파 같은
희고
매콤하고
사각사각거리는

개업 축하 시를 쓰고 싶었지만
개업 축하 시는
잘
써지지 않고
있었다

몇 번쯤 완벽한
개업 축하 시를 떠올린 것 같기도
했지만
옮겨 적기 전에
그것은
사라지고 없었다

그동안
친구의 사업은 성공해서 전국에
체인점이 생겼고
비싸 보이는 검은 차를
타고 다녔다

또 친구는
결혼도 했는데

그녀는 학창 시절에 만난 예쁜 아이였고
친구가 사업을
시작하기 전부터
사업을 같이 도와주기도
했었다

그는 결혼식 때
친구를 만나기도 했는데
그들은 두 손을
꽉
잡고 악수를 나눴지만
개업 축하 시에 대한
얘기는
하지 않았다

친구는 점점 바빠졌고
그와 친구는
예전처럼 벤치에 앉아
테니스공을 던지고
받고
하며 노는 것을 여전히

좋아했지만
점점 그럴 시간이
없었다

대신 친구와
그는
가끔 멀리서 각자
테니스공을 던지고
받고
하면서
시간을 보냈다

그는 이제 사람 좋은
아저씨가 되어
편의점 아르바이트를 하고 있고
그는 아직 아마추어
시인이고
문예지에 발표한 시는
여전히 없지만
시에 대해
많은 걸 생각했고 또

많은 걸
생각하지 못했다

그는 그가
생각하지 못한 많은 것들
때문에
얼굴을 감싸고
울음을 터뜨릴 수 있지만
그렇게 하지
않는다

대신
바람이 부는 저녁
벤치에서
그는 허공에 던진
테니스공을 다시 받으며
생각한다 그는

지금
완벽한 개업 축하 시를
떠올렸다고

추상적인

기쁜

반쪽으로 쪼개진

흰

양파

같은

훔쳐 쓰기로 결심하는 시

모모와 바게트 빵에 잼을 발라서 먹고 있는데
전화 한 통이 왔다

안녕하세요 저는 미래 시
편집자 누구누구인데요 이번
신인 특집호에 원고를 싣고
싶어서요

좋은 일이네
"네 정말 감사합니다 꿈에 그리던 일이에요"
그리고
전화를 끊고 나는 바게트를 한 입 더 깨물어 먹으며
모모에게 말했다

이번에 미래 시 신인 특집호에 내 원고를 싣고 싶다네
그렇네, 모모도 전에 여기다 실었었지?

모모는 치아 교정 수술을 하느라 힘겨운 나날을
보내고 있었고 볼이 예쁘고
바게트를 좋아해서 바게트 빵이 나오는 시를
스물여섯 편이나 썼다 그중 하나는 모모의
등단작이기도 하다

아니
아니라고?
응…… 나한텐 그런 연락 안 왔는데
그래?
그래
모모는 재작년에 등단했잖아
그랬지
그럼 작년에 신인 특집호에 실린 거 아니야?
아니야
이상하네

이상하군 눈 내린 창밖에서 눈부신
햇빛이 모모와 내가 서 있는 거실로 들어오고 있었다

모모는 심술을 부리면 볼이 부풀어 오르고

웃음이 많고 손이 매운
여자에 대한 시를 서른두 편이나 썼다 모모의
문제는 시를 너무 많이 쓴다는
것이었다

우리는 거실에 담요를 깔고 누워
바게트를
깨물어 먹으며
모모의 시가 신인 특집에 실리지 못한 이유를 생각해보
기로 했다

모모, 너는 시를 너무 많이 써
그래?
그리고 너는 내 꿈 이야기를 훔쳐서 시에 쓴 적도 있어
내가?

그건 사실이었다
나는 모모가 아주 잠깐 등장할 뿐인 꿈 이야기를
신기한 마음에 모모에게 들려준 적이 있는데

이틀 아니면

사흘 정도

지나고 나서 모모는 내게 시 한 편을 보여줬고
거기엔
내 꿈의 하이라이트라고 할 수 있는
어떤 이미지가
들어 있었다

그 구절은 이랬다
"우리는 동시에 꿈을 꾸었다. 너의 꿈속에서 한 여자가 나의 흰 정장에 금색 스프레이를 뿌렸다."

분명히 말해두지만, 우리는 동시에 꿈을 꾼 게 아니었다
꿈을 꾼 것은 나였다

알았어 또 뭐가 있지?
음
모모의 시에는 비유가 없어
비유가 없다고?
그래 비유가 없어 그리고 시적 짜잔도 없어
짜잔?

또 하나 생각해볼게…… 신인 특집은 좋은 신인들의 시를 싣는 거잖아?

그런가?

그러면 모모는 좋은이 아니거나 신인이 아닌 거야

좋은이 아니란 건 무슨 뜻이야?

모모, 그건 비유나 짜잔이 없단 뜻이야

신인이 아니란 건?

모모, 그건 신인상 시상식이 취소되었다는 뜻이야

모모는 점점 더 작아지는 것처럼 보였다

담요 위에서

그리고 조금 더 많아진 것처럼 보이기도 했다

바게트 빵의

부스러기들처럼

그리고 우리는

곰돌이, 지구 온난화, 보르헤스의『픽션들』페이지 수,

어제 저녁에 먹은 식사 메뉴, 모모가 쓴 꿈에 대한

아흔아홉 편의 시들

또 영화배우들과 전 세계의 전래 동화 같은 것들의 영향을 고려에 넣어

모모의 시가 신인 특집에 실리지 못한 이유를
생각해보았다

모모, 나 궁금한 게 있는데
응?
K씨가 나오는 시들,
응
그 K씨들 나 아니야?
아닌데……

모모는 K씨가 나오는 시를 많이,
그러니까 백스물두 편이나 썼는데
사람들이 "이거 K씨 걔 아니야?" 물어보면 모모는 항상
아닌데……라고 대답하고
사람들이 그렇게 물어보는 게 웃기지 않냐고 내게 물었다

나는 그렇게 웃기지는 않았고 사실
조금 시무룩했고
무엇보다
약간의
정체성의 혼란을 느꼈지만

모모에게 말하지는 않았다
어쩌면

나는 K씨가 아닌지도
K씨는 내가 아니듯이

바게트를 다 먹자 배가 부르고
배가 부르자 또 아늑한 밤이 왔다

우리는 침대에 나란히 누워
언제쯤 모모의 시에 좋은과 신인과 비유와 짜잔이
찾아올는지
도란도란 얘기를 나눴다

잎사귀가 부족해서 그런 걸 수도 있어
잎사귀가 뭔데?
모르겠어, 그냥 파릇파릇하고 이쁜 거
모모는 파릇파릇하고 이쁜데
내 시 말이야
그래
그렇지

아마 모모는 요정이 되려고 하는 걸지도 몰라
무슨 요정?
글쎄…… 벽난로의 요정?
벽난로의 요정이 하는 게 뭐야?
따뜻해지는 거, 그리고 가끔 타닥타닥 소리를 내
너는 무슨 요정인데?
나는…… 의자의 요정이 좋겠다
의자의 요정은 무슨 일을 하는데?
그냥 벽난로 앞에 있는 거야
그렇네
동시에 꿈을 꾸는 거지
그래

모모는 계속해서
작아져서
이제는 타닥타닥 소리로만 남아 있었다

그건 어떤 꿈일까?
나는 꿈에서 K씨가 되어서 그건 어떤 꿈일까? 생각했다
바게트 빵의
부스러기들로 까끌까끌해진 담요 같은

그러니까

미래 시 신인 특집호에 할당된 것처럼 한 지면에 실리는

두 편의 시 같은

넓은 침대를 혼자 굴러다니다가

나는 그런 꿈을 시로 써서 발표해야겠다, 생각했다

그러니까

두 편의 시;

한 편은 훔쳐 쓰기로 결심하는 시

한 편은 훔쳐 쓰는 시

그림 그리기 준비

일본에서 사 온 종잇장 같은 위스키 잔(회색 세로 줄무늬가 그어져 있다)을 선물해준 친구와 나는 테니스장에서 만날 수 있다. 탁구장에서 만나거나. 농구장에서 만나거나. 축구공을 들고 흰 양말과 축구화를 신고 학교 운동장에서 만나거나. 수영장에서 만난다면 물을 많이 먹을 것이다. 위스키 잔을 선물해주지 않은 친구 중 한 명은 복싱을 한다. 복싱장에서 만날 수도 있다. 나는 많이 맞을 것이다. 하지만 괜찮다. 기원에서 만나서 바둑을 두거나. 트랙에서 만나 한 시간 동안 달리기만 하거나. 예를 들어 오늘은 한 세트도 내주지 않고 다 이길 거야. 탁구공으로 이마를 맞힐 거야. 태클을 걸어서 넘어뜨릴 거야. 농구공으로 손가락을 접지르게 할 거야. 우리는. 테니스를 칠 줄 모르는 친구들과 모여서 테니스 코트가 있는 시골의 숙소로 여행을 갈 수도 있다. 테니스를 치다가 나무 그늘에서 쉬다가 테니스를 치다가 해가 지면 지는 햇빛 속에서 테니스를 치다가…… 모두가 돌아가면 나타나는 동물들을 위스키 잔 옆면에 그리면 된다. 번데기, 토끼, 암소, 그리고 귀여운 불곰. 밤 동물들. 그 전에 뭔가를 마시려고 나는 냉장고에서 우유를 꺼내 회색 줄무늬 잔에 가득 따른다.

토토의 아침 식사

대형 악어가 도심 한복판에 나타났다고…… 그 악어는
옷가게 두 군데와 카페 분식집 그리고 엽서가게에
들러 사람들을 놀라게 하고 유유히 사라졌다고 하는데

그게 말이 되나
지구는 넓고 별일이 다 있구나

허버트 씨는 생각하며 찬장에서 참치 캔을 꺼내 뚜껑을
따는 도중 손이 미끄러지고 만다 악! 하는 비명과 함께

그는 그것이 어느 화요일 이른 아침 미국 텍사스의 사람이 없는 광활한 대형 마트에서 일어날 수도 있는 일이라고 생각한다 그곳에서 그는 신입 종업원이다 그는 나중에 커서 인디언을 놀리고 권총을 허리춤에 꽂고 다니는 모자 쓴 할아버지가 될 거라고 생각하지만 아직은 여드름 많은 노란 머리 청년일 뿐이고 까마득히 넓은 진열대를 페인트 통으로 가득 채워야 한다 채우고 난 뒤에는 숫자

를 세고 바퀴 달린 플라스틱 받침대를 끌고 끝나지 않는 페인트 통들이 놓인 진열대를 지나 다시 돌아가야 하는데 마지막 페인트 통을 얹어놓는 순간 깜빡 조는 바람에 진열대를 통째로 쓰러뜨린 것이다 땅이 꺼지는 것 같은 깡통 소리들 하지만 무슨 일이 났나 살펴보러 오는 사람도 없다 그는 눈을 감는다 이젠 다 틀렸어 계산대로 돌아가면 매리는 혀를 차고 나를 쳐다보지도 않을 거야 나는 밤이 깊을 때까지 이 진열대를 다시 채워놓아야 하겠지…… 악어? 토토는 허버트 씨가 키우는 개 이름이고 작고 눈치가 빠르고 뭐든 잘 주워 먹는다

챱챱

챱챱

졸린 밤의 이야기

타냐는 아침부터 일을 많이 해서 힘들고 금방이라도 잠들 것 같다 눈을 끔뻑이며 누워 있는데 희수는 타냐가 왠지 속상한 것 같아 옆에서 이야기를 해준다 타냐 내가 이야기를 해줄게 내가 생각한 시가 두 개 있어 하나는 어떤 사람이 도심에 나타난 대형 악어 때문에 정신이 팔려서 참치 캔을 떨어뜨려 쏟아버리는 거야 그리고 그걸 같이 사는 강아지가 다 먹어버리는 거지 “음 그렇구나” 타냐가 말했다

또 또 하나 더 있는데 뭐냐면 어떤 사람이 햄버거를 사러 가려고 하는데 그때는 미래 시대라서 기계들도 사람처럼 생각을 하고 감정을 느끼고 우울증에 걸려 그래서 자동차를 타고 가야 하는데 자동차가 우울증에 걸려서 우주 햄버거를 못 먹게 되는 이야기야 어때? “좋네…… 나 이제 자도 돼?” 타냐가 말했다 그래 잘 자 나중에 또 이야기해줄게 희수는 불을 끄고 이불을 덮는다 그리고(여전히 말똥말똥한 눈을 뜨고) 생각한다—‘타냐가 좋다고 했으니 이건 좋은 시가 되겠지’ ‘정말 다행이야’

우리에게 일어나는 일들

단어

몇 개의 키워드를 중심으로 짧은 산문을 쓰면 좋겠다는 이야기를 듣고 뭘 쓸까 하다가 시인 진은영의 「일곱 개의 단어로 된 사전」을 떠올렸다. 그렇게 쓰면 좋을 것 같다고 생각을 했고, 하지만 일곱 개는 너무 많으니 네 개로 하자, 말하자면 「네 개의 단어로 된 사전」을 쓰고, 또 그 단어들 중에 단어라는 단어가 포함되었으면 좋겠다, 하고 생각했다. 그리고 사전이니만큼 읽고 나서 뭔가 흠 그렇구나 그런 뜻이었군 하고 생각하게 되는 글이면 좋을 것 같았다. 나는 뭔가를 명확하게 말할 수 있다면 명확하게 말하는 게 좋다고 생각하고, 시 일반, 혹은 적어도 내 시들에 대해서라도 뭔가 명확하게 말할 수 있는 게 있다면 그렇게 하고 싶다. 단어는 그렇게 하기 위해 필요한 것들 중 하나이다.

인물

나는 내 시에서 인물이 막 두드러지는 편이라고 생각하지는 않지만, 어쨌든 이런저런 인물들이 등장하고 때로는 반복해서 등장하기도 하는 것이 사실이다. 거기에 무슨 중요한 의도가 있는 것은 아니다. 아마 누구든 혼자 사는 것이 아니기 때문에 다른 사람이 시에 등장하게 되고, 그 사람들을 어떻게든 불러야 하다 보니 이름을 붙여주거나 특징 같은 걸 별명 삼아 불러주게 되면서 자연스럽게 자기 자리를 갖게 된 것 같다.

서사

대부분의 경우 시에서 차용되는 것은 서사라기보다는 서사의 단편, 말하자면 상황 같은 것이다. 어떤 상황이 있고 그에 대한 반응이 있으며 그것이 시의 구조와 정서를 이룬다. 누군가가 무언가를 잃어버렸다고 생각해보자. 그건 상황이다. 무언가를 잃어버린 사람이 울면 그 시의 정서는 슬픔이 된다. 그 사람이 울지 않고 다른 무언가를 하면 그 시의 정서는 씩씩함이 된다(물론 이보다는 조금 복잡해질 수 있다).

형식

나는 텍스트를 이루는 각각의 형식이 다 자기주장, 세계에 대한 태도, 그러니까 고유의 정서랄 것을 가지고 있다고 생각한다. 가령 영수증 형식을 차용할 때 나는 영수증이라는 형식이 가지고 있는 정서를 가져오고 싶어서 그렇게 한다. 사전에도 사전의 정서라는 것이 있다. 건조하고 빽빽하고 어처구니없고 엉뚱하고 슬픈 정서. 차용이란 무언가를 망가뜨릴 것이라는 전제로 그것을 빌려오는 것을 말한다. 혹은 이미 망가진 것들을 빌려오는 일이라고 해도 좋다. 망가진 것들은 망가져서 더 이상 이전과 같지 않고 전혀 다른 용도로 쓰일 수 있지만 그래도 망가지기 전의 모습들을 가지고 있다. 이 글은 사전의 형식을 빌렸지만, 아주 조금만 빌려왔기 때문에 사전의 정서라고 할 것을 많이 잃어버린 상태이다. 사전이라는 형식을 사전에 더 가까운 형태로 빌려온 글이 있다면 그 글은 사전의 정서를 더 많이 가지고 있을 것이다. 하지만 때로는 이 글처럼 이름만 간신히 빌려와 망가진 무언가를 가지고 어찌어찌 해나갈 수밖에 없는 때도 있는 것 같고, 아마도 그게 우리에게 일어나는 일들인 것 같다……

강혜빈

2016년 문학과사회 신인문학상을 수상하며 작품 활동을 시작했다.
시집 『밤의 팔레트』가 있다.

눈사람을 보면 이상해

눈사람 머리 걷어차는 사람은
더 이상해

눈사람 만드는 건
사람밖에 없고

겨울은 멀고
사랑은 이르다

겨울이 겨울다울 수 있는 건
함께 있지 않아서야

굴러가는 머리 보면서 웃는 사람은
아무래도 이상해

무척 동그랗기 때문에
잘 구를 수밖에요

너는 단 하나의 옳음
진창 같은 세계 속
가장 깨끗한 부분일 텐데

그러니까 부서지지 않는
무구한 눈덩어리야

굴러라
굴러라
계속 굴러라

아무도 밟지 않은
조용한 마음이
캄캄해지지 않도록

눈사람 만드는 사람은
조금만 외로운 사람

찬 골목에 엉거주춤 서 있을래
처음부터 거기 있던 것처럼

가만히 있으면 착한 사람
착한 사람은 눈사람이래

눈물을 줄줄 흘리면서
그렇게 재미있게
햇빛처럼 헤어지는 연인들

내가 만든 눈사람은 사실
서울 사람이고
서울 사람은

빌려 입은 티셔츠 돌려주지 못한 사람
웃는 얼굴만 안심되는 사람
내가 좋아할 사람 아닌 사람

기록적인 폭설이라고 써볼까
오늘 같은 날 눈사람 만들까
서울 사람은

언젠가 잠실나루 따라 걸으며

저 혼자 물빛을 뒤집어쓰던
투명한 손가락이 조금씩 바스라지던

마음은
물기가 있어야 잘 뭉칠 텐데

폭설이라는 단어보다 더
무시무시함 없을까
이를테면 기다려, 그런 거

저 멀리
눈사람 머리 걷어차는 사람
또 있고

그런 사람은
먼 미래에도 생긴대

사람보다 더 사람 같은 걸 만들다가
너무 사람 같으면 던져버린대

정중한 사람은

이별도 정중하게 시도할까 봐

눈사람인지 사람인지
구별할 수 없는 단계에 이르면
역시 좋아해

나라도 좋아해?

서울 사람은 반짝이는 강을 건너서
왜 다시 돌아오지 않아서

눈사람 녹으면 슬퍼하는 사람은
이제부터 외로운 사람

눈 덮인 골목을 지나
텅 빈 철로를 지나
축축한 숲을 지나
세계 끝의 끝까지 굴러간 머리는

돌아온다
돌아오지 않는다

마지막으로 완성된 눈사람
한 개만 보고 싶었는데

안녕, 그래서 어떤 쪽인지
궁금해

숙아, 하고 부르면

그것이 내 이름인가
갸웃거리는 사람이 있습니다

그 사람과 한집에 삽니다

스탠드칼라에 쇠단추를 단
호텔리어의 세계에서
숙이는 벨보이를 사랑했습니다

두 뺨은 눈처럼 하얗고
눈썹이 흑단처럼 짙은
아름다운 청년이군요

벨보이는 숙이밖에 모르고
숙이는 벨보이밖에 몰라서

흰 딸 하나 검은 아들 하나

토끼와 고양이와 강아지
붕어 세 마리와 곰팡이

함께 싸우며 사랑하며
오랫동안 잘 살았다는 이야기

그러나 아름다웠던 청년은
조금씩 시들어가고

숙아
숙아

부르튼 장면 속에서
누군가 자꾸만 부르는데요

해피엔드란 자고로
끝내 잘 살지 못한 이야기

숙이는 오른쪽 볼의
갈매기 모양 흉터를 매만집니다

시간을 거꾸로 되돌릴 수 있다면

숙이는 대학엘 가고
존경받는 선생님이 되어서
가지지 않아도 될 직업을
평생 가지지 않으면서

가끔은 웃자란 화초에 물을 주며
마당을 바라보고 멀찍이 앉아
새로운 취미를 가져볼까,
고민했을 테지만

시간은 거꾸로 되돌릴 수 없고

숙아, 하고 부르면
이제는 뒤돌아보지 않는
그 사람과 한집입니다

오늘의 숙이는 숙이겠지만
내일은 숙이가 아니겠지요

숙이는 아무것도 모르는 아이처럼
다만 웃습니다

이 비

혼자서 빗속을 걷는다
비와 함께 걷는다

이 비를 기다렸다

우산 속에서
우산 바깥을 올려다본다

같은 빗방울은 존재하지 않는 세계에서
빗방울은 빗방울의 형상을 한다

비는 내리기도 전에 비였으므로

이런 날, 신지 말아야 할 신발을 신고
묻지 말아야 할 질문을 하고

딱딱해지는 코르크 밑창을 느낀다

투명한 별똥별 떨어진다
물은 솔직하다

긴 비, 둥근 비, 뾰족한 비, 달아나는 비, 가로지르는 비

이 비를 기다렸다

그렇게 말하면,
이 비를 기다려온 것 같다

웅덩이를 피해 가는 발들
모르고 밟은 발들
알면서도 빠지는 발들
모두 다른 모양을 하고 있다

웅덩이는 웅덩이의 몫을 다한다

비 내린다
잘게 내린다

우산을 펼치는 소리

새가 날아오를 때, 푸드덕거리는
날개와 닮았다

지붕이 반만 달린 주차장이 있다
찌그러진 자동차의 보닛
위로 비 내린다

“나는 다시 태어나면 물이 되고 싶어”

그 사람과 천변을 걸었다
그런 말은 나중에 온다

하염없이
씻겨 내려가지 않는 장면이 있다
우산에 가려진 입술들

내 집 앞 쓰레기 배출

분리수거를 하지 않는 마음
때와 장소에 어울리지 않는 마음
정작 버려야 할 것을 외면하는 마음

모두 같은 모양을 하고 있다

혼자서 빗속을 걷는다
비와 함께 걷는다

이 비를 기다렸다

대저 짭짤이 토마토의 미래*

마음은 열 번 이상 접을 수 없다는 실험 결과로,
더 평평하고 얇은 마음만이 각광받을 것으로 기대됩니다

현관 앞, 토마토 한 박스 놓여 있다
덩그러니

발신자 없는 궁금함 한 박스
집 안으로 들인다

「모월 모일 날씨 맑음
내일은 빨갛고 둥글고 시큼함
변동 사항 없음」

3D 프린터는 빠르고 정확한 피자를 만들 수 있다는데
어쩌면 기쁨이나 슬픔도 자세하게 조립할 수 있을까

어제까지 친하게 지내던 친구는

싹이 나고 잎이 나서 버리게 되었어도
미래의 토마토만은 변질되지 않는다

대부분의 마음은 얼려두는 게 좋아
빛의 속도로 달려 나가서
도무지 막을 수 없는 일이 생긴다면

사랑과 미움이
종이 한 장 차이라면

원래는 원래를 지키려 하고
새로움은 새로움을 밀고 나가려 한다면

머지않아 종이책은 모두 사라질 것이라는 말에
그보다 인간이 먼저 멸종될 거라고 대답했다

아홉 살의 나는 물방울 모양의 투명한 집과
기다란 호스를 통해 어디든 갈 수 있는 열차를 그렸어
그런데 아무것도

아주 먼 미래는 언제까지일까?

자신이 인간이 아님을 깨닫고, 우울증에 걸린
원숭이의 망연자실한 얼굴이 떠오른다

그러니까 나는,
혼자 묻고 혼자 대답하는 것에 특화된
어떤 종이의 한 종류일지도 모른다

납작한 마음이 두꺼운 마음으로 변모할 때
진짜 토마토와 가짜 토마토는 차츰 비슷해지고

지구는 지금도,
우리의 발바닥을 밀어내는 중이다

나는 밀어냄의 반동으로
무게를 갖고 싶어진다

토마토 박스로 살아가는 일이
인간의 삶보다 근사하다면

나는 기꺼이

덩그러니

* “대저 지역에서 생산하는 대저 토마토 중에서 당도가 8브릭스brix 이상 되어야 ‘대저 짭짤이 토마토’라고 명칭을 붙일 수 있다. 8브릭스 이하의 토마토는 ‘대저 토마토’라는 명칭으로 출하된다. [……] 시중에 가짜 대저 토마토가 너무나 많다. 국립농산물품질관리원이 인정하는 지리적표시 인증마크가 붙어 있는 것만 진짜 대저 토마토다.” 문정훈, 「대저 짭짤이 토마토의 미래」,『한국일보』 2019년 5월 10일 자.

오야소의 기쁨

이른 저녁, 신작로를 걸었군요
보이지 않는 매미들로 가득한
어두운, 어두운

이 도시에는 산 나무가 많군요
건물은 허공에 떠 있군요
주민들의 늙음이 보장되어 있군요

자전거
천천히

산책하는 동안은 안전합니다
멀리 온 것 같지 않았는데
다른 세계가 도래한 것처럼
얼굴들의 빛이 미묘하게 달라 보입니다

찌르르르르 끄르르르르

끄르르르르 찌르르르르

어릴 적 처음으로
컴퓨터의 동그란 전원 버튼을 눌렀을 때
들었던 기계음을 기억합니다

누군가는 매미가 운다고 말하는군요
차라리 전깃줄이 우는군요

멈추어 서서
매미의 언어를 이해해보는데
어두운, 어두운

외계에 잠시 접속합니다
지극히 인간적인 관점으로

전봇대에 매달린 태극기
엇갈려 흔들립니다

펜스 안에서 보호받는 사람들
헐렁한 바지를 걸쳤군요

그야 집 앞에 나오는 것이니까요

콩국수 파는 가게에 들어가
콩전을 먹었습니다

혼자 먹는 사람은 나뿐이지만
그래서 좋았습니다

파란불이 켜지는 순간
길이 끝장났군요

주의!
광케이블 매설 지역

다리 위에 서서
정수리들을 내려다봅니다

탄천 물은 물감 통의
더러워진 암녹색

커다랗고 둔중한

버스가 지나갈 때마다
다리에 진동이 느껴집니다

다리가 흔들립니다

식은땀을 흘리며 다리를 건넜군요
괜찮아 그냥 다리인데요

이른 저녁, 신작로를 걷고
새로운 사람이 되어보았군요

모든 것이 가능하군요

참외주스가 있는 테이블

어느 오후를 상정해본다
빛이 넓고 수북한

여자는 몸을 말리기 위해
여름의 바깥으로 나설 것이다

반짝이는 물을 뚝뚝 흘리며
혼자 되기를 연습할 것이다

참외주스 파는 가게에 들어서면서
눈만 내놓은 사람들을 힐긋거리며
마스크 속에서 입술을 내밀 것이다

「참외주스라니……」

아삭아삭 씹히는 의아함
대나무 빨대의 믿음직스러움

너무 짜고 달고 쓴
시행착오의 맛 때문에

비로소
누군가의 온기를 느끼기도 할 것이다

통유리 바깥으로 은빛 트럭이 지나간다
철 지난 브라키오사우루스가

시간이 약간만 뒤틀려 여자는
앉아 있던 여자와 다른 여자가 된다
황홀하게

한 번 두 번 세 번
얼음을 더 넣어주는 마음

이 정도면 괜찮아요?
이 정도는 괜찮아요

인간이 느끼는 감정의 종류를 검색해보고
오늘의 마음에 이름을 붙여줄 것이다

참외 한 개를 케이크처럼 쪼개서
모두에게 나누어 주고 나면,
시원한 물이 줄줄 흐르는
느낌의 지도가 완성될 테지만

여자는 정성스레 사랑을 길렀다가
말려 죽인 적이 있어서

참외의 맛을 안다고 말할 수 없고
참외의 맛을 믿는다고 말할 수 있어서

「외돌토리라니……」

별안간 팔뚝에 오소소 돋는 소름처럼
별안간 믿어지는 일들이 있을 것이다

미래의 참외주스는 만들어지지 않을 테지만

여자는 몰라보게
바삭해져서 돌아갈 것이다

미래, 가능성, SF, 미완성, 뉴 노멀,
바이러스, 연결과 단절

먹구름이 도래하기 이전에 비 소식을 미리 알 수 있는 사람들이 있다. 뼈와 근육의 헐거움 덕분에, 아주 가까운 미래를 알 수 있는 능력을 가지게 된 것이다. 나 또한 어릴 적에는 없던 초능력 같은 게 생겼다. 몸이 먼저 날씨를 예고한다. 마음이 뒤따른다. 일기예보를 보니, 번개를 동반한 구름이 가득하다. 머지않아 비 내린다. 기다리던 비. 내린다. 집 안의 인물들은 소파에서, 침대에서, 냉장고 앞에서 동시에 손뼉을 친다. 비가 와주었구나. 긴 무더위도 끝날 기미가 보이는구나. 그러나 구름들은 서둘러 그림자를 거두었다. 올여름은 유난히 지난했다. 햄스트링 시작점이 손상되어 물리치료를 받았다. 욱신거리는 통증을 느끼며, 인간의 몸과 마음은 하나로 이어져 있음을 실감했다. 죽음에서 사랑으로 건너온 한 사람으로서, 이미 지나온 과거는 그대로 두고, 미래의 모습을 그려본다. 나는 인간보다는 기계이고 싶다. 기계보다는 돌멩이가 되고 싶다. 비가 와도 무릎이 쑤시지 않는. 구르다 멈추는 곳이 곧 집이 되는. 약속을 지키기 전에 죽을까 봐 걱정하지 않아도 되는. 돌멩이.

우리는 세계의 절반을 빈 공간으로 남겨두고 있다. 4인용 테이블은 2인용으로서 기능한다. 사랑의 최소 단위는 둘. 아니, 하나와 하나. 바이러스와 사랑은 눈에 보이지 않는다. 다만 증상으로 나타난다. 사회적 거리두기가 강화되었다. 마스크 쓰고 외출하는 일상이 익숙해졌다. 여름 방학의 알록달록한 계획으로 가득 찼던 달력은 말끔히 비워졌다. 팬데믹 시대를 지나오면서 문득 생각한다. 인류는 언제까지 존재할 수 있을까. 기후 위기는 어떻게 대비할 수 있을까. 이미 늦어버린 걸까. 지난 역사를 돌아보면 인류는 늘 커다란 시련들 앞에서도 굴하지 않고 극복해왔지만, 어쩌면 새로운 국면이 다가왔음을 인정하고, 뉴 노멀New Normal의 미래를 준비할 때인지도 모른다. 인간을 세계의 중심에 두는 세계관은 끝내 종말론적 '인류세人類世'로, 미래, 인공지능AI, 우주, 대체 에너지, 환경, 종 다양성에 대한 관심으로 이어진다. 과잉과 결핍, 기후위기, 버려진 물건과 장면 들을 마주한다. 일상에서 직면한 위기가 시의 출발점이 된다. 어쩌면 책과 영화로 접했던 아포칼립스는 멀리 있지 않고, 다름 아닌 '나'로서 시를 쓰는 지금 여기가, 폐허로부터 건져 올린 희망의 얼굴이다.

미래와 시는 닮았다. 종결되지 않는 상태로서, 미완의 상태로서 다만 거기 있다. 미래의, 더 미래의, 사랑과 빵 부스러기로부터 시인은 단서를 획득한다. 미래와 사랑은 일기예보처럼 확률적으로 그려진다. 시 속의 SF는 시간과 공간의 테두리를 벗어난 공상과학에서 머무르지 않고, 조금 다른 모양과 빛으로 발현된다. 그 자체로 뉴 노멀인, 열려 있는 "모든 것이 가능한" 미완성의 상태로. 당연한 장면에 물음표를 던져본다. 뒤틀린 일상 한가운데 포스트잇을 붙인다. 우리 앞에 도래할 세계는 유토피아에 가까울까, 디스토피아에 가까울까. 우리는 다만 인간으로서 어떤 말을 할 수 있을까. 끊임없이 질문하고, 산책하고, 관찰한다. 세계 속에서 발견할 사랑의 힘을 믿으며.

ㄱㅣㅁㄹㅣㅇㅠㄴ

2019년 문학과사회 신인문학상을 수상하며
작품 활동을 시작했다.
김지연에서 김리윤으로 활동명을 변경했다.

재세계reworlding

지나간 일은 다 잊자
지나간 일은 다 잊는 거야

그는 이 대사의 다음 장면에서 죽었다
영화 속에서 영화는 계속될 것 같았고
그 사람은 영원히 아무것도 잊지 못할 것이다 그리고 모든 것을 영원히 잊게 될 것이다

핸드폰 불빛이 신경 쓰여서 도무지 영화에 집중할 수 없었어
극장에 꽉 들어찬 어둠은 그 작은 불빛 하나 숨겨주지 못하고
주인공은 십이월 밤거리의 쏟아지는 불빛 때문에 맞은편에서 다가오는 것도 알아보지 못한다

오래된 거리를 걸으면 가로수들은 영원히 자랄 것 같다
정원사의 손에서 떨어지는 잎사귀와 뚝뚝 분질러지는 나

뭇가지의 미래를, 잔디가 깎이는 동안 우수수 떨어지는
머리통을 다 기억하면서

십이월은 어디에서나 커다란 나무에 작은 전구들이 주
렁주렁 매달리고
불빛이 들어오고
빛을 끄고 불을 켜면 다 똑같아 보이는

세계의 근원은 이제 전기라고
인간은 빛보다 한참 느린 속도로 움직이면서 원하는 만
큼의 빛을 만들 수 있다
운전자가 죽은 다음에도 계속 달릴 자동차를 가질 수
있다

이것은 생명의 낭비를 줄여주는 기술입니다
그러나 너무 환한 곳에서는 생명을 낭비하게 될 수도
있습니다
높은 조도에서는 사물을 정확하게 인지하기 어렵기 때
문입니다
밝게 빛나는 하늘과 흰옷을 입은 사람을 구별하기란 거
의 불가능한 일입니다

세계는 점점 더 낮은 조도로 진화하고 있어
매년 이십 퍼센트 정도의 광량이 감소하고 있대

희박한 태양광 아래에서 낮아지는 조도의 세계에서 우리는 함께 희박해지겠지 정말 좋은 일이다 좋은 미래가 오면, 도로 위에서 공들여 식별해야 할 산 것들이 없는 그런 미래가 온다면 생명이 낭비되는 일도 없을 거야

앞서 걸어가는 사람의 등에 죽은 짐승의 등이 포개져 있다
너는 어쩜 죽어서도 이렇게 따뜻하고 부드러운지
짐승의 등을 어루만지며

아름답다 감탄하는 사람들이 모두 사라진 자리에서 아름다움은 시작되었다
이것은 전기로 작동되는 신이 들려준 이야기다

근미래

여름이 기억나지 않아

추위가 길었다 우리는 연장되는 추위 속에 있었다 무거운 외투 속에 어깨를 구겨 넣고 주머니 속에는 각자의 손만 헐겁게 채워 넣고

여름을 기억해내기 위해 여름에 관한 것이라면 무엇이든 보고 무엇이든 말해보기로 했다 창문을 가로지르는 수평선, 보도블록을 따라 늘어선 야자수, 수영장 바닥의 물그림자, 그을린 피부 위로 맺힌 땀방울

이것 봐, 땀 흘리는 피부와 닮았어

작은 물방울이 열리고 무너지는 유리잔 표면을 쓰다듬으며 말하는 사람이 있다

여름이 기억나지 않았으므로 우리는 '여름'으로 찾은 이미지들을 외우기 위해 애써야 했다 두꺼운 외투 안에 소매 없는 티셔츠를 입고 앉아서 기다리기만 하면 도착하는

여름의 이미지를

사람은 사진에 찍히면 더 오래 살 수 있다는 믿음을 가졌던 적이 있다 카메라에 영혼을 빼앗긴다고 믿었던 적도 있다

여름의 이미지를 기억하는 동안 우리는 점점 더 여름을 잊어가고 있었다
세계는 재현되는 평면의 연속이었다
우리는 모든 풍경을 그림처럼 바라보는 법을 배웠다

여름 나라의 도시 계획은 얼마나 오래 실내에서만 살아갈 수 있는가에 대한 고민으로부터 시작된다지 건물과 아케이드로 구성된 세계 지하철에서 내려 유리 아케이드를 지나 집으로 돌아가는 사람들 우기에는 알알이 맺히고 굴러떨어지는 빗방울 속의 풍경만을 기억한다지

이곳은 우기가 한창이다 눈앞의 물방울들은 모여들고 뭉그러지고 다시 뭉치면서 동그랗게 자란다
우리는 나란히 앉아 물방울 속에서 뒤집히고 축소되는 유리 바깥의 풍경을 보고 있다

유리 벽에 기대선 사람의 이마에는 송골송골 땀방울이 맺혀 있다
그것은 테이블 위의 얼음이 녹아가는 유리잔과 닮았다

땀 흘리는 사람의 피부는 뜨겁고 끈적하고 짠맛이 난대

손끝에 닿는 컵의 표면은 차갑고 축축하고 미끄러웠다
우리는 벽 너머에 있는 이마의 뜨거움을 믿어야 했다
모르는 촉감과 기억나지 않는 온도를 이해하는 대신 알기 위해
모르는 것을 상상하기 위해 노력해야 했다

누군가 뜨거운 물을 따르기 시작한다
쏟아진 물은 투명하고 카펫은 더 짙은 색으로 표면을 드러낸다

우리는 먼바다에서 투명한 물이 바닥을 감추고 있는 것을 바닥을 감추는 물이 벽에 맺힌 물방울 속에서 좁아지는 것을
뒤집히고도 쏟아지지 않는 것을 지켜보았다

한 사람이 바닷속으로 돌을 던지고 오랫동안 같은 자리에 서 있다

바닥이 얼마나 멀리 있는지 확인하려는 것처럼 바닥에 닿은 돌이 내는 소리를 기다리는 것처럼

바닥에 닿아 튀어 오른 돌이 돌아오기를 기다리는 것처럼

모두 다른 마음으로 모두 다른 창문을 보고 있다 해도

사실은 느낌이다*

우리가 이 날씨를 다 망쳐버렸어
이렇게 말하면 아직 더 망칠 수 있는 날씨가 있는 것 같다

말간 햇빛이 정수리로 부드럽게 쏟아지고 엉덩이에 풀물이 들도록 잔디밭에 앉아 있을 법한 날씨 벤치에 앉아 개들이 참 많다 저 많은 개들이 모두 행복해 보인다 감탄하게 되고 개들은 바쁘고 바쁜 개들의 까맣고 촉촉한 코 위로 미끄러지는 햇빛을 하염없이 좇아가고 싶은 날씨

우리는 어두운 카페에 나란히 앉아 창밖을 본다
물이 찬 두 쌍의 신발 속에서
허옇게 붓고 있는 발을 나란히 하고
눅눅한 티셔츠를 입고

함께 있다고 느끼면
모든 거리를 초월해 가장 가까이 있는 유령처럼

아직 더 망칠 날씨가 있다는 느낌 속에서

주어진 것이라면 무엇이든 망칠 준비가 되어 있다는 생각
준비된 솜씨를 숨기기 위한 노력이 데려오는 시간과
나란히 앉아 창문 밖 스크린을 본다

조감도 속의 완벽한 날씨를 봐
저렇게 결정된 풍경은 도무지 풍경처럼 보이질 않고
날씨를 모르는 사람이 상상한 날씨가
구현된 날씨의 이미지가 날씨를 덮고 있는 것 같지
덮인 날씨 위로 쌓인 먼지가 풀풀 날리는 것 같지

어제는 종이로 무엇이든 접을 수 있다는 사람의 영상을 뭐에 홀린 것처럼 봤어 종이접기의 신이라는 사람 얇고 평평한 물성 접힐수록 더욱 자라나는 부피 열 개의 손가락에서 시작되는 세계
더 망칠 것도 없을 날씨 한 번이면 곤죽이 될 세계를

보호하고 싶은 장소엔 출입통제선 대신 종이로 접은 것들을 두면 된다고

손가락 하나로도 망쳐버릴 수 있는 것
그런 것들을 그냥 밟고 지나갈 수는 없는 법이라고
그렇게 말하며 손을 움직이는 사람을

여길 화사하게 하기 위해 무엇이 필요하지?
불씨 하나를 톡 던져 넣으면 환해지는 아궁이 같은 것이라면
불타오르며 밝아오는 날들로 충분하다면

창문 좀 열어봐
우리가 망칠 수도 있는 날씨가 아직 남아 있는 것 같다

뭐에 홀린 듯한 산책을 생활이 없는 듯한 산책을 하게 되고 개들은 혼자 남은 집에서 가족을 기다리는 법을 다 잊어버릴 것 같은 그래도 상관이 없을 날씨

물이 들어찬 신발 속에서
무엇도 밟아본 적이 없는 것처럼 부드럽게 물러가는 발
허물어지는 발
부드러운 발바닥이 닿아본 전부인 것 같은
조그맣지도 않은 발

정말 사랑하니까 망치기 쉬운 것들을 많이 주고 싶을 거야
우리를 가장 사랑했던 신이 죽기 전 우리 앞으로 남겨준 상자는
종이로 만든 것이고
그 위에는 종이로 만든 꽃 한 송이가 올려져 있어

손댈 수 없고 들어갈 수 없다

* Yvonne Rainer, *Feelings Are Facts,* The MIT Press, 2013.

작고 긴 정면

"미래는 아이들의 얼굴에, 생일과 명절에 딸이 보내오는 사진에 적혀 있다. 딸의 딸이 자란다."*

적힌 미래를 읽을 수 없다
사진첩 속의 부드러운 무릎뼈를 가진 너, 길쭉한 머리통을 점차 둥글게 만들던 너, 컬러 사진 속에서 명암으로만 구성된 세계를 보는 너…… 얼굴은 참 많기도 하지, 작년 사진만 봐도 전생 같지 않아?
친구의 딸이 자라고 딸의 딸이 자라는 시간들

국 데워 먹어라 속이 따뜻해야 무엇이든 한다
딸들은 새하얀 겨울 무를 투명해지도록 모서리가 다 무너지도록
푹 끓인 국을 나눠 먹고는
서로의 입속에 다글다글 들어앉은 이를 다 헤아렸지요
이가 없어도 먹겠어
부드러운 무보다 더 부드러운 살과 반투명한 피부

그 안에 작고 단단한 돌같이 박혀 있는 것들을

속눈썹이 다 얼어버리는 날씨 속에서
열어둔 수도꼭지에서 똑똑 떨어지는 물소리를 들으며 우리는
딸의 딸들로
딸의 친구로 친구의 딸로
언니로 동생으로

여기에 앉아서
겨울나무에 남은 열매 위로 눈이 쌓이고
녹고
얼었던 열매가 다시 말라가는 동안 찾아오는 새들을
조그맣다는 면에서는 모두 닮은 모두 다른 새들을
작고 단단한 부리가 날씨보다 빠르게 열매의 형태를 해체하는 것을
몇 세기 동안 멍하니 바라보았지요

언니야
새들의 잠은 얼마나 깊을까
새들은 한쪽 눈만 감고 반쪽짜리 잠이 든대

잠이 쏟아지도록 먹이고 싶어
불을 꺼주고 이불을 덮어주고
실컷 자고 난 새들에게 다시 따뜻한 것을 먹이고
무엇으로 만든 이불이어야 저 작은 몸에도 무겁지 않을까

새가 날아가고
가볍게 튕겨 오르다 흔들리는 나뭇가지
우리가 보는 생명력
너무 인간적인 생각

아름다움의 이유가 그것의 약점이기도 하지요[**]

사람의 얼굴은 우리가 만져본 어떤 물성과도 달라서
자연을 접고 펼치고
뒤집으며 형식을 지운다

어떤 이름을 짓는다 해도 모두 실패한 이름이 될 거야
너희는 매번 이름을 넘치며 제멋대로 자랄 테지
속한 자리의 표면을 깨뜨리면서

공간이 파괴된다면 지평선이 또 수평선이 생기겠지요

오늘도 날이 춥다 옷 단단히 입고 나가라
네 세계의 변화가 계절이 오고 가는 것이 전부인 것처럼은 말고
계절에 맞는 옷차림을 준비하고 문을 여는 것처럼
문을 모두 열어두는 것처럼
추위가 맺힌 얼굴을 오래 들여다보는 것처럼

미래는 적혀 있다 시간에 갇힌 얼굴들
맞댄 얼굴들
미래는 없다는 확신 속에서도

기록 바깥에서 늙어가는 얼굴들의 기댄 이마 사이로
흘러오는 미래
얼굴에 주어진 자연을 다시 뒤집으면서

* 킷 리드, 「상어섬의 어머니들」, 『야자나무 도적』, 신해경 옮김, 아작, 2020.

** "하지만 '생명력'이라는 단어에서 느껴지는 아름다움이 바로 그것의 약점이기도 하다." 크리스토퍼 알렉산더, 『영원의 건축』, 한진영 옮김, 안그라픽스, 2013.

관광觀光

감은 눈꺼풀에 맺히는 빛 얼룩. 눈꺼풀을 들어 올리면 두 눈을 가득 채우는 검은 눈동자. 내 얼굴과 구겨진 이불과 아침이 쏟아지는 창문, 그 너머로 동공이 겹겹이 드리워진 눈동자. 내 얼굴과 등 뒤의 풍경을 빼고 들여다보는 것이 불가능한 눈동자.

불들은 다 어디로 갔어? 눈처럼 녹아버렸어? 눈처럼 쌓이지도 않고? 너는 지난밤 서로의 눈동자에 비치던, 하늘을 향해 쏘아 올려지던, 하늘에서 펑펑 터지던, 우르르 쏟아져 내리던 작은 불꽃들이 모두 어디로 갔는지 궁금해했지. 눈 안에 들어와 박혀 있으면 어쩌지? 묻는 눈동자에 비친 창문이 빛을 뿜고 있어서일까. 오늘따라 눈빛이 환하게 빛나는 것 같다. 어둠을 태우고 있는 것처럼. 불이 점점 자라면 어쩌지? 나는 불에 타는 것들을 많이 먹는데.

창밖으로 아무것도 불타지 않은 세계가 펼쳐져 있다. 꿈에서 또 만나자. 잠들기 전에 너는 부드러운 털로 뒤덮인

목덜미에 얼굴을 묻고 인사했지. 나는 너희의 꿈속에 천사를 보내겠다고 했어. 개의 털에는 희미한 화약 냄새, 불냄새가 섞인 지난밤의 날씨가 묻어 있네. 아직 잠에 빠진 우리의 작은 개는 입술을 들썩인다. 헛발질하고 코를 부르르 떤다. 천사가 너무 일찍 꿈속을 떠났구나. 꿈에서 냄새가 났기 때문일 거야, 다음에는 꿈을 깨끗하게 씻으렴.*

아침 식당. 사람들은 접시와 포크가 부딪치는 소리로, 구운 빵에서 피어오르는 김이 불어넣는 습기로, 입안에서 스르르 풀어지는 오믈렛의 촉감으로 꿈을 씻어낸다. 천장까지 이어진 커다란 유리창. 여기서는 누구도 바깥의 간섭을 피할 수 없다. 간밤의 잠 위로 오늘의 날씨가 묻어 있는 얼굴의 사람들.

이런 기억이 있다면 누구라도 믿을 수밖에 없을 거야. 저기에 창문이 있고 창문이 있으니 바깥이 있고 바깥에는 바깥의 세계가 있고 날씨가 있다는 것. 창문은 바깥의 존재를 믿게 하네. 아무리 촘촘한 어둠으로 채웠대도 창문의 이미지는 어둠 위로 포개지네. 어둠보다 바짝 다가오네.

"유리를 만드는 일은 그림자를 만드는 일과 같지요 빛

에 피부를 입히는 일일 수도 있고요." 식당 한편의 스크린, 긴 막대 끝에 입을 대고 동그란 불덩어리에 숨을 불어넣던 유리 장인이 말했지. "날씨는 매일 새롭게 있고, 우리를 짓누르는 날씨 속에서 같은 날씨를 담고도 모두 다른 그림자를 만들 수 있다면…… 날씨를 조금 더 가볍게 얹고 다닐 수도 있지 않겠어요."

식당 테이블 위에는 모두 다른 모양의 유리잔들이, 유리잔 속에서 찰랑이는 액체가 있다. 유리잔 속으로 꽂히는 빛. 그림자. 어떤 그림자는 불처럼, 어떤 그림자는 바다처럼 일렁이고. 같은 물 같은 빛을 담고도 불이기, 바다이기, 호수이기, 함박눈이기를 택하는 그림자.

불은 빛나는 것이기도 하거든, 불빛이라는 말도 있잖아. 봐, 지난밤의 불들은 저기 저렇게 담긴 채 쉬고 있어. 내 앞에는 한두 군데 이가 빠진 하얀 머그잔이, 진하게 내린 커피가 담긴 머그잔이 있다. 커피는 어둡게 찰랑이고 빛은 불안하게 흔들거리며 피어오르는 김의 윤곽을, 주변으로 떠다니는 먼지를 비추고 있다.

세수를 하고 빛을 따라 걸었다.

빛은 내가 모르는 유리잔 안에서 빛나겠지.

* "그 천사가 오랫동안 머물지 않았다면 아마 당신의 꿈에서 고약한 냄새가 났기 때문이겠지요. 다음번에는 당신의 꿈을 깨끗하게 씻으십시오." 밀로라드 파비치, 『하자르 사전』, 신현철 옮김, 열린책들, 2011.

관광觀光

우리는 들어본 적 없는 숲길을 헤쳐가고 있었다. 가로등 하나 없는, 불빛이 새어 나올 창문 하나 없는 길. 손전등 없이 횃불도 없이 휴대전화도 없이. 어둠에 눈이 익기를 기다렸지만 눈에 익은 어둠 역시 완전한 어둠일 따름이었다. 조도 없음. 구조를 지우는, 구조 없는 공간으로 유창하게 펼쳐지는 어둠. 있다는 믿음 없이도 있는 어둠. 여기 유령이 있다고, 사람이 있다고, 귀신이 있다고, 호랑이나 신이 있다고 해도 있다고 믿으면 있게 만드는 어둠. 우리의 믿음을 위해서는 소리가 필요했다. 사락사락 종아리를 스치는 풀잎 소리, 풀을 밟는 발자국 소리. 소리로만 존재하는 사물들. 투명한 몸. 몸이 투명해져서 그런가, 걸어도 걸어도 발이 무겁게 느껴지지 않아 좋네. 말해봐도 웃음은 나오질 않고 정말 무게가 느껴지지 않는 무릎을 구부리며 계속 걸었다. 이것이 어떤 풀인지, 얼마나 뾰족한 잎을 가졌는지, 우리의 종아리에 어떤 모양의 생채기를 만드는지. 눈에 익을수록 눈동자를 어둡게 만들기만 하는 이 어둠 속에서 알 수 있는 방법은 없었다. 그러나 불빛. 저 멀리 보이는 불빛 하나. 흔들리고 점멸하는 아주 작은 빛. 한 걸음 한 걸음 뗄 때마다 조금씩 커질 것이라는 믿음을 심어주는 그런 빛. 도착할 빛, 아직 도착하지 않은 빛 앞에서 있다는 믿음은 불가능했다. 틀렸다. 제가 도시에서 나고 자랐기 때문일까요? 제 믿음의 흐릿함이 문제일까요? 제 마음의 약함이 문제일까요? 또 저 멀리 보이는 빛을 상상하고 말았습니다. 투명한 손을 잡고 투명한 발의 무게를 느껴보려 애쓰며 우리는 계속 걸었다. 투명한 발등을 파고드는 어둠을 들어 올리며.

투명도 혼합 공간

빛과 풍경은 같은 글자를, 사람의 머리 위에서 빛나는 불의 형상을 본뜬 한자를 공유한다. 관광觀光은 빛을 보는 일, 빛이 비추는 사물이 아니라 빛 자체를 보려는 일. 그리고 빛을 보며, 빛을 따라 하염없이 걷는 관광객들. 빛을 보는 일과 풍경을 보는 일은 얼마나 같고 또 얼마나 다를까. 사물이 빛을 필요로 하듯 빛도 사물을 필요로 할까. 귀신처럼, 유령처럼 모습을 드러내기 위해 빌릴 몸이 필요할까. 우리는 보이지 않는 것을 보려 하기를 멈출 수 있을까.

*

폭우와 폭염이 반복되는 여름. 지독한 날씨라고 말해보지만 날씨에겐 의도가 없다. 모두 다른 창문 너머 같은 빛을 보고 있는 사람들. 광원의 의도를 보려 하자 보이는 것이 없었다.

*

안팎을 동시에 보게 하는, 안팎을 뒤섞는, 바깥이 있다는 믿음을 주는 창문. 창밖에는 드문드문 불 켜진 이웃의 창문에서 새어 나오는 빛으로 수놓인 어둠이, 창문 안쪽의 풍경과 포개진 어둠이 있다. 어둠을 본 적 없는 사람이 상상한 이미지가 있다면 그보다는 너무 환한 어둠이, 언제나 수많은 창문과 전등이 켜질 가능성에 방해받는 어둠이.

*

아무것도 식별할 수 없는, 시각을 무용하게 하는, 모든 것을 투명하게 지우는 어둠. 구조 없는 공간을 만드는 어둠. 도시에서 나고 자란 내가 이런 어둠을 본 적이 있었나. 극장에서 장면 전환이 이뤄지는 찰나의 순간? 하지만 눈은 빛을 찾아내고, 어둠 속에서도 최소한의 빛을 요구하는 것에 익숙하다. 상영관 구석에서 작게 빛나는 비상구 불빛만으로도 어둠의 일부를 지워낼 수 있다. 어둠을 망칠 수 있다.

*

빛이 작고 구체적인 단어로 느껴지는 것 역시 평생 도시를 떠나 살아본 적 없기 때문일까. 크기를 가늠할 수 있고 광원의 위치를 확인할 수 있는 빛, 사고팔 수도, 끄고 켤 수도 있는 빛이 어디에나 있기 때문일까. 유령처럼 나타나는, 귀신처럼 의도를 가질 수도 있는, 언제나 우리를 따라붙는 빛에서 벗어나기 어렵기 때문일까. 하루는 저물지 않고 저물지 않는 하루 다음의 내일을, 내일 다음의 미래를 상상하기는 어렵다. 눈을 감아도 눈꺼풀 안쪽에 끈끈하게 들러붙는 빛.

*

눈꺼풀 안쪽에 들러붙어 떠나지 않는 이미지가 있어. 가장 아름다운 정원을 만들겠다는 열망에 사로잡힌 데다 마침 이 열망을 실현할 가능성까지 가진 사람의 정원. 그는 방방곡곡을 다니며 몇 세기를 살아온 튼튼하고 아름다운 나무를 고르지. 몇십 미터는 족히 뻗어 있는 뿌리와 주변의 흙까지 함께 뽑아낸 나무를 배로 옮기는 장면은 작은 섬이 움직이는 것처럼 보여. 이렇게 모인 온갖 수종의 거대한 나무들. 미적으로 완벽한 간격을 유지하는 나무 사이로, 말끔하게 손질된 잔디와 한 점도 허투루 배치된 것 없는 것 같은 이끼 위로 늦은 오후의 황금빛이 쏟아지는 정원. 정원사들은 말끔한 곡선을 그리는 오솔길을 따라 천천히 움직이고, 스프링클러에서 쏟아지는 물방울은 반짝거려. 아름다움을 느낄 수밖에 없도록 설계된 정원의 이미지. 아름다웠어. 아름답다고 느끼지 않을 도리가 없었지, 무섭도록.

*

아름다운 장면이 모두 사라지고, 아름답다는 느낌도 사라지고, 아름답다는 말도 사라진 자리에서 다시 시작하고 싶다. 정말로 없다고 생각하는 것을 무서워할 수는 없는 법이니까.

*

완전한 어둠을 상상해보려 한다. 눈을 감고 기다려도 어둠은 오질 않고, 도처에 가득한 빛이 우리의 윤곽을 뭉갠다. '과다 노출된 사진처럼' 그랬다고 쓴다면 누구나 이 장면을 쉽게 상상할 수 있겠지. 아름다운 이미지 말고 아름다움을 떠올려보려 한다. 기억해내려 한다. 너는 아무것도 기억해내지 못할 거야, 어떤 생각도 떠올리지 못할 거야. '아름답다'로 검색해서 찾은 이미지를 모조리 믿어볼 수나 있겠니? 누군가 말해주는 꿈을 꾸었다. 미래에서 온 사람 같았다.

*

잠에서 깨 꿈은 꿈일 뿐이라는 대답을 돌려주었다.

ㄹㅠㅈㅣㄴ

2016년 21세기문학 신인상을 수상하며 작품 활동을 시작했다.
시집 『앙앙앙앙』이 있다.

그게 아니고 마도요

햇볕은 들것에 실려 팔 흘리는 생활지침 교회당 회벽
에 코피 닦으며 나는 다짐했네

왼 무릎 접고 개울에 외발로 서서
두 켤레 흘려보내고 한 켤레 귀에 걸었지

코를 지우고 입술을 지우고 인간됨으로 구겨지는 것도
생활이라면 생활이랄까

배트에 맞아 구부러지는 바람
금일 날씨 5회 말 원 아웃 주자 13루
그게 아니고 마도요

저녁 된 마음으로 풀어헤쳐 검지에서 피어
나는 금붕어 금붕어 흘러 어스름으로 파고드는 것도
생활이라면 생활이랄까

야적질로 살아라 사랑스러운 폭력으로 살아라
절호조의 만신창이 되어 그럼 혼신으로 제기차기해보실까

나쁘다 나쁘다 나는 말했어요
외다리 자세 복 나가는 살아감으로 연유한! 그것은 나쁘다
그러자 구름이 파울볼 품어 붉게 말하길
그게 아니고 마도요

바닥이 내민 귀는 발가숭이
쓰러지면 지름길
일어서면 갈림길

일몰은 성체와 성혈을 씹어 터뜨리는 마도요
3루에 서서 녹아내리는 건 산다화였는데
햇빛에 구부러지는 건 나도요

나빠요 나를 세 마리 외야수로 세워두는 생활지침 여치 풀무치

까치 까무러치 얘네 홈스틸 잘해요
슬라이딩 잘해요 맨발로도

달려요 하늘에는 띠링띠링 올라가는 스코어

어떻게 막아요 어떻게 버텨요
외다리로 선택되어 혼자서 떨면
복 나가는! 복 나가는!

들것에서 끙차, 태양이 허리 일으켜 말했지
그게 아니고 마도요

양강공에게 술 취한 도사 모양 돌이 있어 이 시를 읊음

무른 복숭아 껍질 벗겨지듯 풀어져 어둠이
너부러지니, 향기도 좋구나 과육 백 프로야

불에 취해 살아 불 없이 못 살아
여러해살이 인간이라 계절을 나고 느닷없이
세모난 씨앗 혀에서 쏟아
도깨비처럼 떠나는 궁둥이에 홀려 보내는 것도 괜찮지

양강공에게 취한 도사와 같은 돌이 있어
우이천이 한눈팔다 엎어지고

강바람은 복숭아 껍질 어둡게 밟으며 놀러간다네 그것을
똑똑히 봤습니다요? 쇤네가

열두 마리 쇤네가, 두 눈으로 똑똑히 봤습니다요? 마님께서
대숲서 요렇게, 제비를 돌더니 타누끼

열세 마리로 화하지 않겠습니까요? 요렇게ㅑㅑㅑㅑㅑ
ㅑㅑㅑㅑㅑㅑㅑㅑ
창졸간 귓전에 풀어진 달빛이 惚하여

하긴, 마님께서 朱沙ᄅᆞᆯ 水飛ᄒᆞ지 아니ᄒᆞ고 잡ᄉᆞ와 앒마
태 山茱萸 ᄃᆞᆫᄃᆞᆫ이 븕어진 거 ᄀᆞᄐᆞᆷ

자네 이마에 잠든 눈꺼풀 같은 불이 있어
망우공원 뜰이 머리 위로 떠오르고

과연 백 프로야 그러안으면 물크러지는 어둠
그것에 빠져 날벌레 허우적거리네

그 여름 수국이 비실대다 토한 빛깔은 어디로 갔나
벌 떼가 발끝에 적셔 파랗게 떠났나?
짚풀처럼 햇빛 쏟아진 입속의

잉잉거림을 자갈로 깔고 물결을 다 쇠어 두 발이 피로
젖었네
우두커니 서면 엉덩골 어두움

타바스코 독백

이웃집 순이는 제 안에 괴물을 기른다는데 나는
괴물은 없고 개불만 있네요

전기구이 통닭
자꾸 먹으라는 것 아니겠어요?

인천 바다 본다고 버스를 탔는데 버스가 환생입니다
하차입니다 그러는 것 아니겠어요? 버스가 미쳤나 보다
드디어 그럴
리가 있나 근데 그 말이 또 그 말인가 싶기도 해서

그 말이 또 그 말인가 싶기도 할 리가 없다 싶기도 해서

하차입니다
지금까지 이런 처분은 없었다
정리하는 옷가게가 그러는 것 아니겠어요? 미쳤다 미쳤어
세상이 돌았나 보다 드디어

미상불 내 혈압이 쥐고 있던 허공을 풀어주고
하늘은 옥양목 펼쳐 마음을 하얗게 씻겼느니라

저 고양이는 무슨 죄가 있어 나로 태어난 걸까요?
지금까지 이런 처분은 없었죠

처형도 없었죠 매부도 없었죠
나는 야유가 없어요 해서 뭐 해요 갑시다 야유회 갈 때 됐지 오랜만에

그래서 은쟁반에 개불이 참참 썰려 나왔는데 순이가 이거 국산이다 비싼 거다 귀한 거다
순이여, 사람이 돌아오셨습니까 꿈틀꿈틀
성공하면 언제 청어 먹자 좋지 좋아 성공하자

자갈밭 흩으며 자갈밭 걸었죠
공기는 꼭 십 분 늦습니다 미쳐가지고

누가 내 목소리로 관광 오세요 국산이다 비싼 거다 귀한 거다 꿈틀꿈틀
살인 공부 살인 공부합니다 죽어버릴 찬란

"맵네 바다 오길 잘했네"

저녁아 너도 올 줄 알았습니다

멀가중멀가중멀중가중

그럴 거라고 생각했습니다 선생
들어올 거라 생각했습니다 바람과 잔디가 서로 찌르는 음악이

머리칼 가르고 두개골 실금 비집어 제게도 들어올 거라
생각했습니다 다 알고 있습니다 왜
모르겠습니까 모르는 게
제가 있을까요?

밤에 담긴 물결에 고함
때려 입술이 화려강산인 그때, 그럴 거라고
생강, 썰었고

매웠고 벌판엔 아지랑이…… 스쳤지
뜨겁지 선생, 모르는 게 저일까요? 왜
국은 평화 물결은 거꾸로 잠든다 암만 생각해도
내가 태어났다 걷어차는 발길마다 풀

벌레…… 보도의 경계를 가르고
실금 비집어 오르고 모르고 산 모르는 모르
모트 나야……? 올랐지, 밸었어? 피어나는 붉은
숨 끝에

매웠고 썰었고 생강의 단면에 피
흩날리는데 제가 있을까요 선생……? 쳐다보는 꽃잎 끝
에 나는 내렸고
흘렀고

들녘 가득 닭 떼가 피어
꽉꽉거리는 그때

예식장 나오며 받는 답례품이랄까 비틀대는 와인 한 병
핏기를 내게 뺏겨 창백한 태양이랄까

제정신 한 아름

나는 들고 방문하여 꽃병에 꽂고
미음도 손수 먹여줬다 아, 해봐

붕대에는 이렇게도 적어줬지 우리 사랑 우리 우정 영원
하길!

고함과 밤이 서로 때리는 사이에 끼여
물결 떨린 그때, 사랑으로 삶으로 암만 생각해도 마가목

꺾인 손가락마다 내가 태어났고 사랑으로 삶으로 단풍
떨어져 기포
살갗에 터져 아지랑이, 단풍은 벌레, 물론 그럴 거라
생각했습니다 돌려줬으니까 단풍에

빌린 피를 내가 반납했으니까 태양에
훔친 어둠 내가 반환했으니까 어둠에
뺏은 열을 내가

고환과 밤이 서로 때리는 사이에 끼여
정말이지 눈물, 나는 삼천리 동해물과 비트겐슈타인 프
랑켄슈타인
미치겐슈타인의 삼중주

한바탕 굴러가야지 마음도 손수 먹여줬다 물론

그런 산이라 생각했다 왜
산 올라 산인지 왜 철길이 여름인지 왜 허물 벗어 추락인지 왜

인지와 별들의 검은 사슬이 부조화인지

저희는 하객이랍니다 퇴장이야 해야죠 댕강
치고 가야지 나의 목 닭 피는 벌판 향기로운 소리
칼집투성이 그러나 어지러운 생강으로
답례를 미리 받은 것 그러니

선생
아프지 말고 꼭 낳으세요
탄생해야 합니다 외쳐야 해요 바늘구멍이라도

중력이니까 달나라니까
스스로를 구기는 시편을 읽는 까
닭은 십육 면체 광물로 가득 채워 빛나는 마음

저를 믿으세요 갈고리라도 당신 뼈에 매달린

물결이라도

멀리 가까이 멀리 가까이 찢어져도
불꽃은 불꽃 심장은 심장
소리는 소리 폭죽은 폭죽 부드러운
산보에 부서지는 허물들처럼

시인의 말

수확의 집념과 역사에의 무관심이 내 활의 양끝이다.
가장 음험한 적은 현시성이다.
—르네 샤르, 『기초와 정상에 관한 탐색*Recherche de la base et du sommet*』

느끼는바, 추락하는데 스스로 나는다 외치는 돌이, 그러나 장막을 찢뚫어 피로 물든 돌이 귓전에 들려온다 머릿속엔 이[蝨]와 같이 들끓는 별들이, 머리 위엔 지네의 광택 같은 별들이 떠돌기에, 시인의 말은 시체 썩은 물, 하여 바닥에 가라앉은 머리를 인형으로 쥐어 목을 조르는바, 이 글은 상어가 노는 복화술이라, 헤엄하지 않으면 가라앉으니 벙긋대지 않으면 질식하는도다 이쯤에서 떠나라, 밀렵꾼, 백지에서 풀을 뜯는 문장을 쏘아 죽여 박제하는, 꺼져라 잇몸 검게 물든 독자여, 아니면 무슨 벌레인가? 손바닥 위를 모르고 한철 메뚜기들, 다만, 벌레의 한철이 인간의 평생이라, 이리 뛰고 저리 뛰며 백지에 검은 즙액을 싸고, 똥으로 빚은 계관을 머리에 이고 갈 길을 가라 나여, 오로지 나여, 나환자여, 나방이여, 암초에 찢기는 물살 같은 나여, 새매와 앵무와 공작의 깃털로 꾸민 이 까마귀의 짖음을 들어라 "고명한 술꾼, 그리고 고귀한 매독 환자 여러분, 내 글은 다른 사람들이 아니라 바로 당신들에게 바치는 것이다" 끝장났어, 대현동에서 하품한 말이 슈투트가르트에 태풍을 몰고 온들, 이미 객석에 정숙히 자리한 형식이고 문법이고, 하나 이 물의 와중渦中에 발소리마저 빨려든 돌이 있어, 막간에나마 영접받길 기대하는 꼴로 문간에 남아 기대어, 야윈 음성을 목구멍이 부여잡으니, 소리여, 세상에 나지 말지어다 하여 대바늘처럼 예감銳感한 나뭇가지 끝에 핏방울이 묻어, 나는 머리 위로 핀 핏덩이에 묵념을 하며 걸었고 구름은 발아래 그 얼룩을 묵인했다 곁을 오롯이 함께 걷는 정경은 오로지 매꽃이라, 고름과 게으름으로 피어나 귀울음과 그을음으로 시드니, 뜨겁구나, 차라리 군불 속의 돌이 차갑다 밀병과 같은 이 질병을 곱씹어, 살아감이 한갓 목동이 꾼 꿈의 무늬인바, 성기마다 불꽃처럼 포자가 만발하던 만찬의 계절을 입김을 불어 종료한다 살아옴은 꿈의 무늬가 걷는 자의 발바닥에 일으킨 파문인바, 이렇게 몇 줄 걷다 지쳐 발병 나면 가을, 투구게가 쓴 투구 아래 지난여름 외상으로 달아둔 가을꽃이 한 쌍 눈이 되어 빛나네 끝장났어, 둔치에 서서 비 맞는 물웅덩이는 꽃다발, 비가 무지개를 스치며 휘청이는 까닭은 시간이 시위를 당겨 겨냥함이니 어제는 이제 없어, 하니 양장사도 미장이도 가슴 털을 다정히 쥐어 쥐불놀이, 불을 돌리되 놓아주지 않으면 하늘에 떠오른 모든 돌이 반짝이며 공중을 견디는 힘, 청하는바, 시인의 말 따위 다시는 없어야 한다, 무릇 그것이 진정이며 천칭이며를 無火果 잎사귀에 쥐여줄 버릇도 없이 욕망을 멸하기에, 말하여라, 여기 살점 묻은 송곳니는 없다고, 하여 내가 쥔 이 끈, 내 목을 겨눈 단두대의 끈을 내가 놓기 위함이니 심장이여, 너는 어디에? 한여름에도 모래사장을 폭설처럼 쾅쾅 내리찍던 내 심장은? 저기 밥그릇에 담겨 개새끼에게 으깨지고 있다, 하여 내 가슴팍의 피그릇 자리엔 공동空洞만이 저녁의 물빛을 빨아들여, 그릇된 마음을 조종으로 울리니 그는 가롯의 신음이라, 비가 뒤뚱거리며 따라오는 까닭은 저녁장 보고 온 밥그릇 앞에서 예수님에게 배반당했기 때문, 빗방울이 두개골에 부닥치는 리듬으로 나는 정확하게 말할 것이다 나여, 나는 거절한다 반항 앞에서 반항하며, 반항 앞에서 반항함을 다시금 반항한다 나는 “정의에 항거하여 무장을 단단히 했다”이 날개로 끊임없이 항행하며 내가 이 공중에 스스로 나노라 외친다 나여, 눈에서 모래가 흘러내리는구나 마음이란 다만 피투성이 돌조각, 그 등신대가 사랑의 곤봉에 맞아 바스라졌기에, 피투받아 부서진 이 가루를 어찌 모두 들이마실 수 있으랴, 하여 양 폐가 불알처럼 환하게 켜지고 나는 그 불빛을 하천 아래로는 흘려보내며, 위로는 떠내려오는 흰 꽃을 세자니, 그 몸체는 부모가 물가에 내다버린 아이라, 부풀고 짓물러 사람의 잎이 죽은 생선의 살점처럼 피었다 이렇게 슬픔 없이 썩은 물이 시인의 말이다 그 점이 참 안됐어요, 거기서 너는 웃으며 말하며, 어쩔 수 없어,라고도 말하고 우쭐해진 슬픔을 미간에 졸음인형으로 매달았기에, 원하는바, 잠의 명치에 자신을 누이며, 신체의 모든 물은 모래가 되어라, 그러나 모래는 그림자가 불에 너울거리듯 묽어라, 뇌며 나는 개보다도 개답게 기어 뇌염투성이 매꽃밭을 지나니, 이게 무슨 냄새인가, 네 눈물에서 **나는** 똥내다 물러나라, 휩쓰는 모래의 강물에서, 눈물은 흘러 멀어가는데, 네 눈깔이 흘린 역청엔 네가 처먹은 통닭 냄새가 난다 슬픔에 입힐 바지도 없이 네가 정동의 고샅길을 무사히 걸어, 아랫도리로 훌쩍여 거기서 썩은 **내가**, 나는도다 감동이여, 네 슬픔이 너의 밭마다 금빛으로 흔들리기에, 예술의 전당의 변기까지 금칠하고도 넘쳐흘러 똥구멍을 빛내며 싸대는구나 그 점이 참 안 됐어요, 예술은 전당포, 사람을 차압 도장 찍듯 둔부로 깔아뭉개니, 감동이란 도적과 같다 뒷문으로 넘어와 주인 마음의 들보를 빼앗으며, 또 뼛속의 하얀 피까지 빼앗고도 사람 하나 죽어야 족하는 법, 나는 그래서 좋았어요, 늦가을 봉분을 울며 걷어차니 땅벌이 입맞춰준 나여, 이차돈이란 하나가 먹다가 둘 죽어야 족하는 법, "개골창에 처박혀 썩으리라" 해골이 제 뼈를 보고 웃으리라 개구리가 물결에다 토하리라 목숨을, 걸어라 이 활자로는 걸 수 없다, 걸을 수 없다, 깨진 유리병이 입술처럼 파묻힌 백사장을, 하나 독침의 첨예로 혀를 대는 의지만이, 의지라는 슬픈 유령만이, 나라는 돌의 살갗에 피가 검게 말라붙어, 구르고 구르다 경악과 탄식과 공포의 세 다리로 다시금 걷는 삼족오가 될 때까지, 체념과 달관의 두 날개로 검게 우짖는 체관이 될 때까지, 느끼는바, 나는 백인 남성이다 너희는 너희의 백인조차 가짜이다 나는 잘린 머리통을 쓰다듬는 감자칼이고 황금 음낭을 머리에 얹은 황제다 나는 잇몸이 멍든 비렁뱅이다 그러한 우박으로 차마 안온했었다 아버지, 나의 피에 그늘이 없다

하나 가슴팍에 아귀가 안 맞는 여닫이문 한 쌍이 있어, 마치 지문이 손아귀 안에서 도착을 헤매듯 돌며, 거인과 난쟁이 두 장인이 각기 만들어 짜 맞춘 것처럼 덜컥거리니 한 짝은 제풀에 자리를 빙빙 돌고 한 짝은 자폐하여 재주를 넘는다 문틈으로는 칼에 베인 고무나무가 흰 즙을

흘리듯 기함이 배어 나오니, 대저 문紋이라는 혀를 빼문 풀들의 노뼈와 자뼈를 꺾어 엮은 홍예문이라, 모든 희망을 음부에 그러모아 들어오라 중력으로 둥글게 뭉친 빛을 이마에 그리매, 만상의 의문 앞에 저질러진 풀들은 손끝으로 비비면 꺼질 듯 희미하고 기억은 노을 앞에 쓰러지는 그루터기의 그리메, 햇빛에 난도질당해 눈먼 꽃이 팔꿈치로 기어오는데 나 또한 방망이 삼아 휘둘러진 태양에 머리가 짓이겨진 채 어질러져 있으니, 홍虹과 예蜺 두 용조차 진흙탕에 어지러이 얽혀 한철 아지랑이로 스러지는도다 독자여, 지난날 나는 발트슈타인을 뇌의 개울로 흘려보내며 이 입구를 만들었다 내걸린 머리들, 그들이 햇빛에 칼금 난 선마다 걸려 다시 흔들리기를, 음악이란 어스름에 압착되어 묵비로 돌아가는 것이다 고로 희고 검은 산책로가 쳄발로보다 긴 구릉으로 펼쳐 산책에 오선지를 그렸기에 얼금뱅이, 처음의 발로 벌판을 오가며 흉한 찬송을 송두리째 들이마신 입이 풍경을 채 다물지 못했다 하여 입의 구렁에 돋은 몇 포기는 독초뿐인지라 독자여, 비늘 돋친 구름 같은 독사여, 포기할 것, 내 증오의 뜰에서 한 포기 문장도 꺾지 못할 것이다, 꺾을 것이다, 책장을 집는 네 손을 베기 위해 나는 낱장마다 면도날을 달았다, 하니 내 손끝부터 칼날을 산산이 훑을 것이다, 하마 당신은 혀로 핥아야 한다 들려오는도다, 각다귀, 등갓 아래 찢긴 종잇조각인 양 날갯짓이 부서져 내리네, 어찌하여 음악인가? 기뻐 날뛰며 뒷발굽으로 주인의 가슴팍을 껌종이인 양 으깨는 당나귀, 어찌하여 음악이 아닌가? 피가래 끓는 숨을 봄 나뭇가지 끝에 둥글게 매다는 너는 호루라기, 똥꼬부터 부리까지 꿰뚫은 꼬챙이에 메추라기, **이**와 같은, 말이여, 어째 입이란 무덤을 뚫고 되풀이하여 살아나는가? 뒷마당에서 볕을 쬐며 황홀하게 눈 감은 악어처럼, 이 책의 낱장을 물고 있는 엄지손톱의 반짝임을 너의 시선이 찌를 것이다 들려라, 세계는 언제나 십 분 전, 그가 돌리는 고뇌의 삼각형에 가슴의 공터가 문드러져, 너는 글렀고, 굴렀고, 시시로 바구니에 담긴 과일을 집어들듯 자신을 품평할 시인을 고르기도 했으나 시시해, 결국 시를 잃고 납작한 물질이 되어가고 있었다 너는 멀어지는 시의 성스러움을 오래도록 보았고 그러한 시의 성이 마땅한 탓에 오래도록 눈이 멀어가, 눈알에 싹트는 티눈 같은 죽음을 십분 발휘하여 휘발하고 있었다 눈송이가 달라붙어 돌층계를 녹이는 소리, 들려라, 네 삶이 급행마차를 타고 청주로 떠나고 있다, 들려라, 저녁 하늘에 휩싸여 네 머리통이 마찰을, 하여 부글부글 부식되는 소리, 들려라, 네 손끝에서 시드는 포도잎사귀보다 빠르게 시가 너로부터 떠나고 있다 하늘, 유방 끝에 맺힌 물방울, 지금 이마에서 흘러내려 턱 끝에서 떨어졌음이라, 네 삶이 너도 모르는 사이 시작된 것처럼 이 시는 비롯되어, 입술을 방문한 철새 떼의 호흡에 떠밀려 살아가, 하늘, 개어 접은 스웨터 같은 물결, 거기 떠내려간 보따리를 누가 내놓으라 하는가? 여름이 발을 싸매고 종일 귓가에 서서 기다렸기에, 여염집 돌쇠네 말은 귀신 들려, 소리가 절뚝이며 다가오니 놀라 떨어뜨린 방물조차 산산이 부서진 보따리를, 들려라, 사막을 쓰다듬는 뒤울이에 뒤척이며 드러나는 돌부리, 그와 같이 네 이마 가죽이 찢기어 벗겨지고 해골이 태어나고 있다 그러한 우화羽化를 시간은 즐기니, 마침내 거기 발이 걸려 고꾸라지는 꼴을 시간이, 애꾸눈으로 거리감 없이 너를 바라보고 있다, 왼팔에 돋은 갈고리에 거리낌 없이 꿰어 너를 바라보고 있다

한들, 네 입에서 떠내려온 말로 쌓은 언덕에서 너는 필경 미끄러졌다 네 목소리의 벼랑은 네가 경사로운 마음으로 내 그늘 3그램을 훔쳐 바림한 들, 매해 3그램씩 풀밭의 음량이 줄어드니까, 계절의 필경사가 쥔 인두는 네가 발자국을 찍는 그 백지를 겨누어, 겨우 기울어 즐거운 거울 안 겨울의 삶을 내리막에다 굴렸어, 너도야? 나도야 눈밭을 기던 두 무릎이

피눈물을 서로 핥아 혀끝에 촉규화를 그렸다 그러한 우화偶話를 시간은 즐기니, 눈발 사이로 매달린 머리처럼 흔들리는 바람을 보고 있을 때였다 나는 임신하자고 생각했다 네 얼굴에 파인 발자국을 모두 덮을 눈발이 모자라니까, 공음蛩音을 공음跫音으로 짓밟아 벌레를 발바닥으로 전환함으로 남은 부끄러움을 환전했다 공허, **해라**, 동공을 스치는 해처럼, 정신은 자기 관절이 가동하는 범위 안에서만 놀도록 일러두곤 시를 말하는 견형犬形을 투견장에 세웠다, 하여 시인의 말이 미친개가 흘리는 거품처럼 서서히기에, 입으로 울 수 없어 나는 눈구멍으로 토했다, 걸어요, 내가 쏟은 백사장, 걸어요, 목숨을, 사상이 이성을 호리는 기쁨처럼 사소하기에, 쓰는 동안 살아 있었고 쓰는 식息으로 살아 있었다, 쓰지 않는 사이에도 죽어갔기에 쓰는 식蝕으로 죽기로 했다 그러한 능동으로 활자들의 나락을 건넌다 나여, 나는 눈밭에 오줌으로 시를 써, 밀랍 날개를 추락시키는 그 열기를 동공에 간직했다 다름 아닌 내가 바라보았기에 하늘의 코는 녹아내렸고 누런 웅덩이에 일렁이는 태양의 쓴맛, 2000년 4월 28일, 유리 립스키가 길게 죽었으니까, 다름 아닌 내가 눈 감았기에 물에 짓눌려 흩어진 발, 무섭다, 물렁한 물, 이것이 나를 밑바닥에 앉히더니, 일어서면 정수리까지 가득 차 몸서리 들게 한다 땅을 짚고 헤엄하며 밟을 무서리 없이, 하여 눈 녹은 물과 오줌물이 섞여 간척지 개척 산업을 장려하니 상전벽해라, 벽해흑토라, 라키, 라키, 라마, 알라라키 나는 누워, 눈으로 쏟아지는 검은 흙 앞에 별별 작별하는 양상을 땅 짚어 헤음하며, 계절은 기어서 온다 뱃속에서 비틀리는 허망한 수사와 싸우듯 아니면 머릿속에 부푸는 망념을 껴안는 베개로 삼아 끌어안고 잠들듯, 계절은 기어서 온다 콧수염 붙인 채, 보타이를 매고, 입 찢어진 바람이여 나를 이빨로 으깨라, 마음이 물질 사이를 걸어, 공중에 태어나는 힘으로 잠깐이지만 **나는** 개암나무 열매가 스스로 터져 그곳에 공중을 남기듯, 어디로 갔나, 열매 속의 소리와 빛깔들, 내리쬐는 빛에 깨어져 제 안의 한숨도 울려 퍼져 시큼한 맛, 눈 뜬 채 땅 밑에 잠든 씨앗마다 갈마드니 눈멀고 귀먹을지어다, 물체야말로 시간이니 말로 벽을 세워 막을지어다, 하나 뽕밭에 싹튼 말이 채색되어 말로가 오색빛깔 비참했고 비참한 채, 라키, 라키, 라마, 알라라키 휴양을 즐기니 음향, 너는 불가능하라 색채, 너는 불가능하라, 자기 살이 찢겨야 음화가 되는, 화목한 판화의 양각된 웃음처럼 나는 임신하자고 생각했다, 흑토상전이라

어머니, 내 핏줄에 숲이 흘러, 천 갈래 가지가 안에서 나를 찔러요 이게 두근거림인가요? 글쎄 저기 첨탑에 널

었는데요 심장을, 보여요, 미친 사람의 입가에 흐르는 침처럼 어스름이 내 입술에 흘러들고 있어요 저녁은 태양의 가장 진실한 빛만 모아 요강에 담았죠 그러므로 오로지 어둠만을, 신줏단지 같은 진실이 무슨 소용일까요? 똥파리에게 봉양받으며, 자신을 의심하지 못하는 진실이, 당신 속에서 한 줌 종양으로조차 맺히지 못한 저는 당신의 유방으로 매달려 있답니다 당신은 노래 주머니라고 말했습니다 한밤 폐가에 앉아, 당신이 목청을 누에처럼 희고 길게 뽑아내는 까닭은 가슴에 매달린 두 개의 자기 때문이라고, 당신은 나를 펼쳐 세모로 메모했고, 쥐었다, 구겼다, 접었다, 폈다 나를 갈무리하며 은밀한 기쁨을 느꼈다 믿지 않았어요 내가 노래 주머니라니, 이 헌 가죽 부대에 무려 노래씩이나 들어 있다니, 아시다시피, 절차는 다음과 같다 언덕을 베어내는 저녁 광선 바깥에서 땅끝에 들어서며 무리 구경하기, 베어내는 작년 기억으로부터 비껴서서 땅거미 들이쉬며 무료하기, 오, 오, 오, 대기가 행복으로 가득해, 내나 나는 분만하였고 분노하였고 태어남이란 공포를 느꼈다 어머니, 당신이 벌판에 젖을 물려 노래로 키우기, 하여 도깨비한테 하나 주려다 하나가 더 붙어 세 개가 되었죠 그 점이 좋아요 들판을 뛰어놀며 내가 세 갈래인 점, 낮때의 빛과 저녁의 빛 사이 끼어들며 짓밟힌

종이학인 양 구겨진 점, 어머니 당신은 어린이, 저녁 빛에 맞아 멍든 손가락으로 푸른 공기를 접었다 펴며 허파에 바람 새는 소리로 연주했답니다 살아야 한다, 그 말씀이 가을 들판에서 올라오는 마른 풀향기처럼 울려 퍼져, 이히히 웃듯 끝내 저희가 멸망함을 믿나이다 향기에 이마가 지져지며, 또는 잦아지며, 또는 부리가 찢어질 때까지 지줄대며, 또한 태양에 찢긴 그림자를 한 땀 한 땀 깁으면, 핵심은 골무 속만큼 깊어서, 개 끓인 물처럼 불손한 어둠이 이 냄비에 채워진 것이다, 하므로 이 땅에 3도 기울어져 惡을 쓰고 惡을 쓰며 나는 짖었습니다 하여 풀밭에 해를 길게 토하는 짐승이 되어, 수면인심, 짐승의 얼굴에 하필 사람의 마음이 깃드는 바람에, 바람에 미소 짓던 풀은 일그러졌고 지는 해는 흰 금붕어 속에 비치는 심장처럼 펄떡였습니다 살아야 한다, 왜죠? 그것이 내 망막을 치고, 하여 미래를 향한 축사는 기어 오는 미풍에 그치고, 그치만 어머니, 너는 학대받아 마땅한 자식이다 따귀의 말이 밀밭에 딸랑이는 나귀처럼 걸어온다면 따귀의 걸음은 나귀의 거름이다 뼈다귀, 물결에 비친 나를 보며 물고 있자니 그만큼 미더운 재갈도 없었습니다 그러니까 어머니, 너는 뼈가 되어 마땅한 자식이다 장작 대신 촛대뼈를 화톳불에 던져 넣으며, 정강이 꺾여 비틀대는 불을 바라보았습니다 울어라 노랑이여, 코끝에 맺힌 곪은 피가 개나리 될 때까지, 이상, 코피처럼 긴 태양의 꼬리가 밑줄 그은 밤의 제사題詞였고 내 말하는 개는 냄비에 담겨 끓는 물속에서 저물었습니다 좋았어! 헛물켜기, 헛소리, 헛발질, 이상, 물어뜯긴 이후 헛헛한 개의 말버릇이었으며 태양이 뼈만 남아 헛간으로 돌아오면 저녁이 부지깽이를 들고 엄하게 기다리고 있습니다 보세요 물속에서도 추락할 수 있답니다 덕분이에요, 핏줄 안으로 벌레가 기어 금수강산을 이루고 있어요 당신이 뿌려준 산성과 신성으로 얼굴이 녹아내려, 사람이 나타나고 있어요 어머니, 당신은 필요할 때만 머리채 잡혀 끌려오죠 그래서 불만입니까? 내가 너를 낳지 말아야 했는데 생일 축하합니다

잘난 척

잘난 척

잘난 척 마세요

뭐라?

하여간 불알 부딪치는 소리나 꽥꽥 내고는, 당신
손에 잡혀서 남아나는 게 있나? 여간내기
주제에,   방구석에선 저가 왕이야
몽땅 작살내는 건 잘하면서 가랑이에 방울은
깨지지도 않아요   몽동발이

주제에, 그래 잘나셔서 밥그릇 깨부수면, 그걸
다시 사는 건 누구던가요?
모르나 본데, 사랑 평화 공영이 이 시의 주제다
깨지는 것은 삶이고,
내사 사는 건 잘하지
싸는 걸 잘하시겠지, 씹새끼
너는 몰라요
돌 위에 얹힌 뭉툭한 발, 두꺼워진 손톱은 무좀,
잘 지은 몸이 무너지는 까닭은 문둥병
금이 간 몸
틈으로 집어넣는 안개가
손가락
추워, 역삼각형 같아
증오는 평행사변형 같아, 와봐요
손금이나 봐드리죠,
단명할 상이네요
여기 둔덕에 흐르는 이건
생명선인데
복판에 ×자 표시는 보물이 묻힌 자리가
아니라 당신은 그곳에 좌초할 조각배
진흙 묻은 해골은 미소 같지만 헐거워진 침묵

여기는 지혜의 선인데
여기 점은 구더기가 파먹은
구멍이랍니다　　　멍청이
우습게 알고 사람을, 엉덩이
퍼진 꼴 좀 봐, 허구한 날 퍼질러
앉아 손가락이나 까딱
까딱하는 게 일이랍시고, 저런 한량한텐
임자 만나 몽둥이질이 딱인데
임자라면
그대가 내 오랜 임자 아닌가?
딱하구나, 액운의
상이라? 늑골을 진열대로 세워
장식할 것　　　그러나 저기, 떨어져
바위에 깨진 머리통에서
피 흐르듯, 피 흘러, 다시
땅밑의 히야밀라시다 실뿌리
끝을 적시듯
혈기로 검은 이 손끝에 혀를 대고 맹세한다
나는
웃겨요, 당신은 위악도 위선도 아니라
맹신자, 세 머리 모아

지옥의 개가 정겨이 군침을 흘리네, 아니지

맹장병

세 머리 정수리마다 바퀴벌레

명장병

썩은 내, 운명의

수레바퀴

벌레

돌아요 돌아

돌아요 돌아, 마찬가지!

불쌍한 비유로

妖妄한

입 닥쳐라

多忙하게, 잘난 비유로, 끌어다가 불쌍해 불쌍놈

불쌍해

불쌍놈

다 망하게, 저는 닥치지 않고

말하겠어요

스스로가 깔아놓은 가짜

불운 가짜

불행에 닥쳐 눕지 않고서요

그 입 다물라

말하기는 쉬운 법

기망이다
현실이다
나란히다 하곤
떨어지는 거 좀만 없으면
아쉬워서 눈깔이나 돌리곤, 밑에서
드러누워 아가리 쩌억 벌려 치도곤
떨어지는 꿀이나 삼키는
그런 치들을 나는 ***끼라 한다 백치
정말,
다시 말하노니
말하기는 쉬운 법, 그 악법 때문에,
삶을 언도받아
찌그러지는
육신에 갇혀 있다는 점에서
우리는 한솥밥이다 예배하며, 재배하며,
신이 역사하는
마땅한 지배 속에서, 의심 없이
우리는 솥 안에서
눌어붙은 맛탕과 같다
눌러 앉아, 하루하루를 일러

열정 없이 정렬하는 일을
역사라 부르며 기다리는,
주말
하기는 쉬운 법이라면서요?
솥밥 주제에, 자기 말은
말도 아닌가? 잘도 씨불씨불
이글이글하여, 그 솥 안에
씨앗과 같은 불이 맺혀 있어
느끼는바,
이를 신체 전부에 이를
나선이라 불러야 한다
살아감이 단지 사랑
과 실감만은
아니어야 함을
칼날에
가슴이
찢긴 채
살해되어 흩어지는
눈송이 쓸어 담는
오동나무 함
안에서

보았으므로, 도화선
두 눈은 핏발,
여기에 불을 당길 수 있다면
이빨
세워 물어뜯으리라
! 느낌표는 곧추세운 핏방울이며
지옥의
개새끼라? 두렵지
않으니, 그는 이미 그릇된
바닥까지 나를 핥아 먹었지 않았나
죽음이여, 똥간에 함빡 쌓인 금이여,
오너라
곧추 같은 소리?
문은 열려 있다
글쎄, 엎어지면 얼굴 가죽 뜯어먹는 저 벌 떼가
열녀일까? 요즘 세상에
독수공방은 독수네 작업실이고
수절은 어디 사찰이람? 게다가
죽음에 봉사하는 꼴이라니?
자기 눈구멍 시커먼 건 죽음이
옴뇸뇸 파먹은 까닭인 걸 모르나 봐

봉사가 따로 없지

노상 당하고도 노상강도가 누군지를 묶묶뭉

까먹는 자기 머리가 닭인 걸 모르나 봐, 말해

뭐 해, 말귀를 못 알아먹네 불쌍한 사람

늘상 역귀의 말을 들으니,

항용 어금니로 씹노라

씹히는 건 당신인걸, 보세요

저기 떠가는 뭉게구름은 어금니, 발아래

잔디는 송곳니, 뭉근히 몸을 녹이며

감싸는 봄바람은 위액,

바스러진 콘크리트, 깨진 보도 조각, 뒤축에

묻은 개똥 그거

당신이야, 말라비틀어지고

썩다 못해 악취조차 지워져 눌어붙은,

여기가 당신 친구 아닌 걸 왜 모를까?

모르긴,

모르핀

잠깐만요! 그만! 싸우지 마세요!

엄마

아빠 안 싸우니까, 들어가 마저 자거라 아가야, 그런데

너 같은 자식을 둔 기억이 없는데

너는 누구?

나는 당신네 헛소리에서 방금 태어났답니다

헛소리에서 태어나 글자가 되어 못박힌 몸, 물결표처럼 빈 곳에 쓰이다가

의미가 들어차면 물거품처럼 사라지겠죠 저는

당신들로부터 물려받았습니다 아니

저는 물려받음입니다

이상해요

피사체라는 말 마치

복제되려 태어난 몸인 것 같아

어제는 유치원 소풍을 갔는데 선생님

성민이 현준이 세준이 영찬이 모두 꽃밭 앞에서 피사체로 서 있었습니다

가오리

저는 반대편 둔덕에 걸터앉아 구경했어요

수박 먹고 싶어

먹어서 배 속까지 빨개지고 싶어

가을이

오면

수박 먹고 싶어

수박

묻고 싶어 묻히고

싶어

백내장?

무서워요

오늘은 학교에 깜빡 지각했는데 학년 주임 선생님께서

간단한 덧셈 뺄셈을 배웠어요:

영수가 세 명인 집에 슬기 네 명이 방문하고 사과 두 개가 애견 민치의 입에 들어갔으며 예나가 늦었다며 귀가했다

민하네 집에 남은 갈비뼈는 몇 개인가?

(단, 하영이는 친구가 없다)

오; 뭘 좀 아는 친구로군;;

조용히 하세요!

시간이 얼마 없어요

히히히

헤헤헤

�

깔깔깔

정말, 어쩌라는 건지,

내일 60세 이상 고령자를 대상으로

무료 건강검진을 실시합니다

백내장?

억

어흑

어허헉

꺼흑

해도 시력이 변함없기에

저의 말에 5퍼센트 밀알이

포함되었고

이 보험 계약은 예금자 보험에 따라 예금보험공사가 보호하되, 보호한도는 본 보험회사에 있는 귀하의 모든 예금보호대상 금융 상품의 해지환급금(또는 만기시 보험금이나 사고보험금)에 기타지급금을 합하여 1인당 최고 “5천만 원”이며, 5천만 원을 초과하는 나머지 금액은 보호하지 않습니다. 그래서 시간이라뇨?

싫어요

영원히 말하게 해주세요 춤추듯이

말하게 해주세요 말하듯이

말하게 해주세요

죽은 채 말하게 해주세요

것도 못 하게 할 거면 아!

아! 왜 나를 여기에?

이렇게 줄마다 늙어가게 둘 거면

원망스럽습니다

책임지세요

법의학적으로 유쾌하고

기하학적으로 느슨하며

수비학적으로 엄밀하게

뼈가 식는 느낌이야

해부학적으로 영광입니다

좋습니다……

(계속)

라면 요리왕<---이거 꼭 봐야 됨

어쩔 수 없이 누워서 라면 요리왕 보는데(친구가 백 년 전부터 추천함) 초반부터 세리자와를 주인공한테 녀석들은 라면을 먹는 게 아니야. 정보를 먹는 거지. 그러는 거였다. 나는 그래서 쫄 수밖에 없었다. 이 빡빡이가 뭐라는 거야 주인공한테... 근데 요리만화 안 좋아하는데 왜냐하면 나는 아는 요리만화는 보다 보면 자꾸 하라는 요리는 안 하고 정성이 중요하다 너는 기술에 천착해서 중요한 걸 빼먹었어,라든가 내가 잊고 있었던 건 어머니의 맛이야...! 하면서 울거나 자꾸 껴안기만 하니까 하나도 참고가 안 된다. 왜 자꾸 한국 맛? 이가를 만들고 만들어서 지키려고 하는 걸까... rmsep 이 만화가 안 그래서 좋았다. 찾아봤는데 라면 요리왕 아니었고 라면 발견전이었다. 요리왕 그래서 나는 이걸 거의 십 년 안 본 건데 왜냐하면 제목 때문에 앞에서 말한 장면에 자꾸 떠오르고 아니면 무슨 뽀글면을 왕관으로 쓴 라면 왕자님은 라면왕국에 역모를 꾀해 대파를 휘두르며 무슨 짓이냐 아들아 왕위를 물려받는 중입니다 아버지 하는 게 자꾸 떠오르는 거였다... 근데 사실 내가 그런 만화도 좋아한다. 9임금님 랭킹 재밌음) 근데 요리만화의 그러는 건 별로 안 보고 싶은 거였다... 만화 보고 나니까 라면 요리왕도 괜찮은 제목인 거 같다. 왜냐하면 어차피 녀석들은 라면을 먹는 게 아니라 정보를 먹는 거이기 때문이다. 세리자와는 첨에를 뼈에 빠지게 해서 이상적인 라면을 만들려고 했었다. 근데 힘들다 보니까 만든 조미료 퍼부은 막입용 라면을 개잘돼서 큰 충격+깨달음 얻음ㅜㅜ 근데 나는 개짓거리 좋아서 자꾸 하는 것인데 그러다 보니 온몸이 안 움직인다. 아무튼 나중에 세리자와가 막 그렇게 그렇게 된 건 아니고 나는 생각하기엔 자기가 먹고 싶은 걸 한다. 아니면 자기가 먹고 싶은 걸 해내기 위한 여정에 있다 생각하고 백종원 씨가 비슷하지만 다름. 근데 어떤 요리사들을 요리는 안 하고 자꾸 어디 가서 여러분 라면이란…… 그러니까 요리 실력이 별루가 된다고 생각한다. 그리고 그렇게 라면이란…… 하고 자기 라면 면발 다 불어 터졌는데 자꾸 라면이란.,/.하는 거 아니면 내가 라면집 가서 라면이 먹고 싶어 죽겠는데 요리사가 자꾸 여러분…… 라면은 안 내놓고 나는 오늘 이런 생각을 했습니다…… 내가 끓이는데 이렇게 힘들었습니다…… 하는 거 견습생이 배워서 자꾸 딴 데 가서 또 라면이란 머리 가슴 배로 되어 있고!!! 그러면서 이 라면은 특이하게도 생식기관으로 생각을 한다!!!(꼭 느낌표 세 개 붙여야 함) 그러면서 라면 스쿨은 스쿨이 없이 사람 모아 가지고 셀카 찍으면서 맨날 김치 하고 있으니까 라면에 김치가 안 된다고 생각한다. 세리자와도 라면이란... 하는데 다른 게 뭐냐면 라면이란... 하면 꼭 자기는 라면을 만든다. 게다가 애초에 세리자와한텐 라면이 라면이가 아님. 또 라면 평론가도 나오는데 아리스라고 하는데 다 먹어본다. 다 먹어본다는 게 무슨 말이냐면 진짜로 다 먹어본다는 말임. 친구가 만든 라면에를 누가 얘기해줘서 먹어야 되는 라면만 먹어보는 게 아니라 다 먹어봄. 그리고 라면을 개맛있으면 활짝 웃는데 얼마나 멋있게 웃느냐에 사람들을 그걸 부처님 얼굴이라 한다. (맛 없으면 대마신 얼굴을 됨ㄷㄷ0 어떤 평론가들이 안 그런다. 맨날 죽상이고 니 라면에 불순한 재료가 썼다고 요리사한테 맛없다도 아니고 시비만 �ㅁ. dkslaus 자기 좋아하는 고기 들어간 라면이 계속 칭찬한다. 그래야 요리 저널과 실리니까 그러는 걸까? 그래서 옆에 있는 나를 기분 더러워지고 라면 안 먹고 싶어진다. 내가 라면 맛있어서 부처님 웃게 해주면 좋겠다. 사람은 라면 없이 살 수 없기 때문이다. 근데 만화 보면 알겠지만 맛있긴 한데 그 맛있다가 좀 복잡함. 아무튼 멋있는 말 다 적으면 끝도 없는데 아무런 제약도 없으면 초보자라도 나름대로 맛있는 것을 만들어낼 수 있지. 그러나, 어떤 상황에서건 최선을 다해 맛있는 것을 만드는 것이 프로다. 이 말도 기억에 남고…… 다 말하면 여러분은 볼 때 노잼이니까 여기까지만 하겠음ㅎㅎ 근데 세리자와가 라멘이란... 페이크에서 진실을 태어나게 하는 정열 그 자체입니다. <---★★★별 오천 개 줬음. 또는 ……라멘이란 페이크에서 태어나는 진실이 아닌 모든 것의 열정이다…… 또는 권태이다…… 아///!! 어려어…… 계속 뭔가 말 되게 말도 해야 되구…… 마침표도 찍어야 되구…… 오늘은 라면 요리왕 실컷 너 하세요 하고, 오늘은 라면 요리왕이랑 놀아서 배가 빵빵해졌다. 참 재미있었다.

박세미

2014년 『서울신문』 신춘문예를 통해 작품 활동을 시작했다.
시집 『내가 나일 확률』이 있다.

순환세계

두 손은 잠들면서 두 눈동자를 협곡에 내던진다
눈동자는 신체에서 가장 멀어지기를 원한다

강물은 눈동자를 운반한다
입구를 만들기 위해 동굴을 침식한다

덕지덕지 붙어 있는 오늘을 씻어내고
동굴로 굴러 들어가
본다

1985년식 철산주공아파트 8단지를, 보도블록 언덕을, 벚나무의 검은 가지를, 자전거 보관대 꼭대기에서 점프하는 아이를,
쿵, 하고 동굴이 무너질 때 아이가 울고 있는 것을 본다
눈동자는 2020년 늙은 엄마의 뒷모습을 비추어 아이에게 보여준다 울음을 그치고
아이는 미래에 잃어버릴 눈동자를 본다

멀어지는 기차가, 자꾸만 쏟아지는 이삿짐이, 땡볕에
말라가는 화분이, 여전히 울고 있는 어른이
보인다

입구로 들어가 입구로 나온다는 것
멀리 갈수록 가까워진다는 것
절벽과 절벽 사이를 어떻게 이해해야 할까요?

동굴에서 나왔을 때 보았던 강의 하류에는
그동안 씻겨간 오늘들이 차곡차곡 쌓여 있었다

눈동자는 감길 줄 몰라서
협곡 위 가장 구체적인 두 손을 본다

현실의 앞뒤

우리는 모두 늪에
빠지지 않기 위한 걸음걸이를 가졌지
얼마나 각자가 위태로운지

나의 경우, 손을 최대한 부산스럽게 흔들어
발의 게으름을 위장하는 식이란다

친구의 노랫소리가 들린다
발에게 들려주는 애원

지금 나는 앞뒤를 생각하고 있어
오늘 아침 긴 다리를 가진 새가 성큼성큼 걸어와 내 옆에 서는 거야 새는 어느 것에도 눈길을 주지 않고 숲의 끝을 응시하기만 했지 그 눈빛에는 위태로움이 없어 나는 그만 발을 멈추고 말았어 흔들던 손도 내려놓았지 꽤 오랫동안 우리는 한곳을 바라보았어 나는 생각했지 사실 이 숲에 늪은 없었던 거야 하고 그 순간 새가 날개를 푸드덕

거리더군 곧 날개를 완전히 펼치고 내 위로 솟아오르리라는 것을 직감했어 두 팔을 뻗어 새의 두 다리를 붙잡는 데 성공했지 하지만 이미 나의 두 다리는 늪에 붙들려 빠지지 않았고

친구의 흥얼거림을 나는 아직 듣고 있어
두 다리가 점점 길어지는데
새와 나, 누가 더 필사적인가
누구의 다리가 먼저 붙잡힌 것이며
숲과 늪 중 무엇이 무엇을 가린 것이며…

부정적 유산

1976년 당대 최고의 건축가가 받은 설계 의뢰서에는 이렇게 적혀 있을 것이다.

외부에서 보았을 때 눈에 띄지 않을 것.

눈을 가리면 모든 것이 두려울 것.

이곳에서는 거짓이 진실이 될 것.

그리고 건축가는 홀로 그 목록을 오랫동안 읽다가 마지막 문장을 추가했을 것이다.

그러나 건축은 완벽할 것.

건축은 완벽에 가깝게… 눈이 가려진 채 들어온 자들은 살아서, 혹은 죽어서 나갈 때까지 그 실체를 몰랐으며, 눈을 당당히 뜨고 다니던 자들은 건축이 제공하는 미와 쾌적함을 알았다.

그로부터 10년 후 건축가는 죽었다.

또 그로부터 30년 후 촛불이 서울의 곳곳을 밝혔다.

건축물의 정치적 이용 가치는 시대를 막론하고 입증된다.*

그것과 상관없이, 2020년에 우리는 겪는 것이다.

도면 위 원형계단 그리는 소리와 몇 층인지도 모른 채 끌려 올라가는 자들의 발소리가 겹쳐지고, 좁고 깊은 창문으로 뚫고 들어온 실빛에 상처 입은 자들의 경련이 벽을 타고 내려오며, 밀실의 용도와 치장 벽돌 쌓기의 무관함이 우리를 부끄럽게 하는 것이다.

* 근대도시건축연구재단·새건축사협의회, 『민주와 인권의 현장, 남영동 대공분실』, 집, 2019.

장식

오전의 햇빛이 떨어뜨린 그림자

그 무의미를 위해 노동할 것이다
꽃병에 꽃을 꽂는 것으로 그날을 기록할 것이다

단, 조건이 있소. 구두는 완전히 밋밋해야 합니다[*]
라고 말하는 자의 구두는 만들지 않을 것이다

* 아돌프 로스, 『장식과 범죄』, 현미정 옮김, 미디어버스, 2018.

보이드

그의 방에는 쓰레기통이 하나 있다
채우지도 비우지도 않는
깨끗하지도 더럽지도 않은
빵빵하게 묶인 검정 비닐 봉다리 하나가
입구를 콱 막고 있는 쓰레기
통

그것을 더 이상 쓰레기통으로 부를 수 있나?
아직은
비스듬히, 혹은 멀찍이, 대충 볼 때는 쓰레기통으로 보인다
하지만
위에서
가만히
내려다보면 바닥없는 까만 구멍으로 보인다
나를 소멸시킬 수 있는 유일한 블랙홀?
그러나 뛰어내리기엔 그 구멍이 작다 아직은

그는 회사에서 미팅을 하면서 방 안의 쓰레기통 생각을 한다

아니 검정 봉다리의 폭발 가능성을 생각한다

별안간 그것이 뻥 하고 터져서 하나뿐인 방을 날려버리는 게 아닌가 하고

혹은 새의 날개들이 몸을 찾아다니는 게 아닌가 하고

혹은 다리 없는 벌레들이 비명을 지르며 기어 다니는 건 아닌가 하고…

그는 서둘러 귀가한다 그러나 막상

집에 온 그는 모든 가능성을 보지 못한다

이 검정 봉다리를 과연 누가 묶었는지 궁금하다

혹은 어떤 방법으로 묶었는지 궁금하다

혹은 이것을 풀어볼까?

봉다리 밑의 공간에 대해

답 없고 질문 없는

빈 공간에 대해서

그가 생각하므로

그것은 더 이상 쓰레기통이 아닌가?

이제 그의 선택만이 남았다
이것을 뺀 나머지를 가지고 떠나야 할지
혹은 나머지를 빼고 이것만 가지고 떠나야 할지
혹은 직접 이것으로 폭발할지

백내장

작은 물잔이 앞에 놓여 있고
흰 물감이 서서히 풀어지고 있다
빛을 구걸하나
빛을 거부한다

도시의 모서리들이 뭉개지고
사물이 다른 사물에게로 번지는
판타지
검은 렌즈 위에 상영되는데

물 한 모금 깊게 삼킨다
순한 동물의 얼굴이 맺힌다

맥락

내 앞에 사과가 있어서 사과가 보이고, 길이 휘어져 있어서 휘어지게 걷고, 식물이 자꾸 죽어서 더 이상 식물을 기르지 않게 된 것이 맥락이다,라고 말하고 싶지만, 맥락은 그렇게 단순할 리가 없고, 거대하고 복잡하고 끊임없이 움직인다. 맥락은 우주의 차원까지 갈 수 있고, 순식간에 나의 발톱에 착륙할 수 있기 때문에 그것을 파악하고자 할 때 이미 벗어나 있다.

어쨌든 내가 어떤 맥락 속에 놓여 있다,라는 사실. 그 어렴풋한 사실 아래 맥락은 나의 목을 점점 뚜렷하게 조른다. 현실 앞뒤로, 꿈 옆으로, 부모로, 문화로, 공간으로 위장해 나를 포위한다. 팔과 다리, 머리카락 하나까지 인과의 수갑을 채운다. 내가 태어나기도 전의 사건에 내가 연루되어 있다고 한다. 본 적 없는 유산을 물려받았다고 한다. 내가 저지르지 않은 죄에 대해 재판할 것이라고 한다. 영원한 감옥에 갇힐 것이라고 한다. 그러나 내가 어떤 맥락 속에 놓여 있다,라는 사실, 물론 그것은 나를 증명해주기도 한다. 원인 불명의 병이 없는 것처럼.

맥락으로부터 필연된 나는 맥락에 몸을 맡겨두고 한없이 휩쓸려 가다가… 간절히 그것에서 벗어나고자 하는 욕망으로 시를 썼다. 그러나 그것이 얼마나 불가능한 일인지 직면할 뿐이었는데, 그러다 문득 내가 맥락이 될 수 있다는 사실을 깨닫는다. 강물 위의 배가 아니라 강물 위의 강물이 되는 것. 맥락과 함께 흐르고, 변하고, 이해되거나 이해되지 않고, 흔적

위의 흔적으로 있다 사라지기도 한다는 사실이 나를 시 쓰게 한다.

박지일

2020년 『경향신문』 신춘문예를 통해 작품 활동을 시작했다.

큐브

우리는 하나였다.

저기 저 줄다리기하면서 흔들리는 상반신들. 마치 지네 다리, 제각각 꿈틀거리는

결정적인 순간이면 눈 질끈 감는 버릇 있지. 누군가 중얼거린다면 너도?너도?너의너와너의너의너도?

머릿수 늘려가면서 하나는 우리였다.

공책 선물 받고 보물 이름 적힌 쪽지 찾아 풀숲으로 떠나고 트랙에 탁탁 침 뱉으며 만국기 아래

우리는 하나로 불릴 수도 있다.

화창한 날씨 가로질러 터널 속으로 나는 신나게 차 몰고 간다.

빛 없어 눈먼 사람과 빛에 갇혀 눈먼 사람 얼굴은 두려움과 공허함으로 모양이 다르겠으나 가장 먼저 마주한 것이 상상한 자신의 얼굴이었다는 점에서

하나였고 눈 감긴 얼굴로도 우리 하나 될 수 있었으나 눈 감으면서 하나가 아니었다. 어둠이 펼쳐지면

각자의 이야기 냄비에 끓이느라 바빴고 그것을 휘저을수록 날씨는 흐려졌으므로 터널을 벗어나면 어항이 펼쳐질 것이다. 나는 어항 속으로 더 신나게 차 몰고 간다.

우리는 하나라고 배웠으므로 하나는 우리. 그렇다면 하나가 우리의 가능성일까 우리가

하나의 가능성일까?
부메랑은 일회용이었으나

돌아오고 말 것이다. 입술과 입술 맞출 때마다 우리는 하나고 두 번 다시 같은 모양으로 포개질 수 없는 입술이었음을 알아차린다면 우리는

하나가 아니다. 국적과 인종 말과 양치기 또 무엇과도 상관없다는 듯 우리 입술이 내뱉는 감탄사

왜 점점 비슷해질까? 우리는 우리 입술 모조리 어항에게 빼앗기면서 하나고 미끄럽고 빠르고 때로는 느리게 가라앉는 제각각 입술들

가리키면서 하나 아니고. 어항 바닥 몰두하는 금붕어들 꼬리는 시든 수초처럼 흔들리지만 금붕어 꼬리 우리 발목으로 대체한다 하더라도 어깨동무한 등과

맞잡은 손은 흔들리지 않을 수 없다는 점에서 우리는 하나고 하나는 우리가 아니다.

저기… 눈송이를 한 알씩 따서
바구니에 담고 있는 나의 앤에게

플라스틱 과수원; 눈 올까요, 눈은 올까요 묻는 네 손잡
고 돌아다녔다. 자라나는 수염과 흔들리는

머리카락들. 끝도 없이 펼쳐지는 들판 돌아다녔다. 그
것이 우리의 일이었다. 엉덩이 밀어내는 풀, 무릎 접고 단
잠 빠진 양 떼, 억새 흔드는 바람 우리가

다 앞지르면서. 헤매게 될 것 같다는 착각. 구름으로 짠
새. 그러니

이리로 앤. 저기 나무, 소리 없이 흔들리는 것이라면 그
무엇이든지.
그러니까 말이지 앤
(네가 쳐다보고 있으므로 내 할 말 모조리 잃어버렸다)

내가나무처럼나무같이나무인듯
나무가나를흉내낼리는없으니

겁먹은 눈망울로 너만이 이해하는구나.

앤; 눈은 내리지 않았으므로 일어나지 않은 일을 기록하고 잠들었답니다.

가망 없다 저 구름
혀 빼어 문 공중

화장실 잠깐 다녀왔을 뿐인데 자꾸만 내 벌판 지나가버리고 새로 펼쳐지는 벌판 앞에서 가져본 적 없는 내 벌판 이름 되뇌려 애쓰게 되고 서로의 손 꼭 쥔 채 구부러지기 시작하는 연인의 등은 아무래도

이상하지; 내 몫은 끝났다. 너와 앤 더는 간섭 않겠다.
나는 눈 덮인 호두나무 사랑할 줄 아는 사람입니다 손 놓는 순간 내 것 아니하는 내 목소리

휴일

돌층계가 하나 둘… 여섯. 현관 두드렸을 때 문 열고 나온 사람 말한다.

자네 집을 잘못 찾은 것 같군.

이것이 결말이었으면 좋겠다.

그는 자신의 눈동자 위로 나를 새긴다. 뒤통수 너머 솟아오르는 까마귀. 질질 자동차 끌고 가는 헤드라이트 불빛. 밤의 골목, 총구들, 대로와 돌층계 위로 쌓이는 눈.

나는 그의 눈동자에게 내 등 뒤 배워버렸다.

달걀 주세요. 상하지 않는 흰 달걀요. 빈 바구니 내밀면서 나는 말했고 굿 나이트. 귀가하는 이웃들 친절한 목소리와

들어맞은 열쇠가 만들어낸 장전 소리. 춥군 추워 그의 혼잣말; 떨리는 내 어깨와

눈동자 위에서 내가 쓰러진다. 거리와 눈 눈과 거리 밀려난다. 클로즈업되는

가로등 불빛과 그 아래 고개 숙인 한 사람. 부르튼 손으로 탁탁 자신의 뒤통수

내려친다. 찬장에서 바닥으로 하나둘 떨어지는 달걀.

타오르는 벽난로. 연기 피어오르는 냄비. 그는 내게서
자신의 집 배워버렸다. 서로 바라보면서 내가 그를 찾아온 것 아니고 서로를 바라보지 않으면서
그가 나를 찾아온 것 아니다. 젖은 빵 뜯는 물고기 같군요, 그의 입술 나의 입술과
이곳이 나의 집입니다.
그의 집으로 들어서면서 헤매게 되는 거리다. 춥군 추워 내가 그처럼 그가 나처럼
읊조리면서. 어디 동굴이라 생각하면서. 난사 이후 어깨 같아, 함께 출렁이면서. 사방으로 흩어지는 발자국, 수레바퀴와 매머드, 얼룩무늬 원숭이 새겨진
벽면;
달걀을 주세요. 상하지 않는 흰 달걀을요. 대문 두드리는 어린아이 K의 뒷모습과
문 열고 나오는
원시인 원숭이, 한국인과 모닥불. 사랑하는 팔짱 끼고 사랑하지 않는 사람과
거실을 모닥불 주위를 가로등 아래를
현관 너머와 팔짱 낀 둘의 주위까지 돌면서
눈빛은 쏘아진 탄환
우리 입 맞추며 눈 감는 습관이 있죠

눈빛은 쏘아진 탄환

돌림노래 반복하면서. 그가 나를 내가 그를

놓치지 않으면서. 지우면서. 눈동자, 동굴과 거리와 야자수. 따뜻한 집. 흰 달걀 하나.

사카린 프로젝트

홀로 탱고 하였다. 미러볼이 무대를 기록하였다. 내 자리 그곳에 없었다. 미러볼 나를 부정하였다. 나는 클럽 지붕 위 배회하는 형광 나비였다.

나는 나의 꿈속으로 도망하였다. 어둠 흔드는 탱고였다. 내가 탱고 하는 것인지 탱고가 나 하는 것인지 알 수 없었다. 한 송이씩 붉은 장미 흐드러졌다. 엉킨 스텝이 장미에게 탱고 가르쳤다.

나는 부정당한 백만 한번째 장미였다. 장미는 백만 송이 기어코 완성하였다. 심수봉은 나를 몰라. 나는 나를 부정하였다.

미러볼 위에서 장미 홀로 탱고 하였다. 나는 미러볼을 부정하였다. 나는 나를 꿈속에서 끄집어내었다. 백만 송이 흐드러진 이 클럽; 머리 하나 머리 둘 그러니까 나는 백만 송이 아래 기어 다니는 쌍두사였다.

클럽은 나를 부정하였다. 백만 송이 클럽 아래 나는 기어 다니지 아니하였다. 정원이 내게 도망하였다. 나는 정원을 품어주었다;

이 정원은 모래나 하얀 돌을 깔아 바다의 형상 떠올리게 만드는 일본의 지정池庭 양식 참고하여 만들어졌으나 나는 모래나 하얀 돌 대신 붉은 장미 백만 한 송이를 배치하여 나의 꿈속다운 특징을 지니게 하였다.

쌍두사 나를 부정하였다. 백만 송이 장미 여전히 흔들리는 정원에서 늘어나는 머리가 넷 여섯… 나는 이 뱀의 여덟번째 머리였다;

나의 순서 나는 부정하였다. 다섯 머리가 여덟… 나는 대가리 늘려가는 뱀이었다. 나 홀로 탱고 하였다. 나는 부정당한 백만 한번째 장미였다

백만 한 송이 정원은 지정 양식 잊지 아니하였다. 부정하라 나는 부정되라. 나는 물결 하였다. 백만 송이 내가;

물결 하는 클럽이었다. 미러볼 아래에서 나는 기형 하였다; 그러니까 머리가 둘 넷… 이 뱀을 읽어내는 눈동자로부터 나는 시작하였다.

머멀리거

땀이 멎질 않는군; 자자 나도 같은 편입니다 왜 이리 적대합니까? 저 붉은 사방. 오늘도 내 어금니 남아나지 않는다; 영문도 모르고 견디느라. 나는 매일 토한다; 모든 탓 저 빌어먹을 날씨 때문; 땀 닦는 자보다 땀 흘리는 자의 머릿수가 늘 많아— 자자 홍등 잠시 꺼두고 둘러앉아 봅시다. 우선 내 오늘 점심께 먹은 머멀리거 레시피부터 읊어보리다.

1. 큰 그릇에 소금물 열네 컵을 담습니다.

2. 끓는 물에 기장 가루 여덟 컵을 넣는다.

* 잘 섞어주면 달라붙지 않아요!

퐁당퐁당 땀 두; 방울; 내일이 나를 토한다. 그래 당신들은 무엇을 지키려고? 내 것? 당신 것? 노려보기; 그만합시다 당신네들처럼 내 어제는 진보했다가 오늘은 보수했다가 아니아니 따져보니 당신 앞에서만 진보했다가

또 내 당신 없는 데서만 보수했다가

이런 흐름은 옳지 않아 내 또 땀 한다; 땀이 나를 세상에서 훔쳐낸다; 동시대 하기; 수리공은 일종의 프로젝

트였다; 아무것도 고치지 못하는 자. 무엇 하러 고용하였나? 정방향으로 걸어가는 사람들; 뒷모습; 저 질서 정연하고 잘 훈련된; 진법을 사용하기 용이하며 중앙의 손짓 따르는 깃발 움직임 몇 번으로 도형 하기—숫자 하기—까마귀 하기—이른바 흩어지고 다시 뭉치기—매우 적합한 저 진영; 오늘도 글렀다. 마방진도 한 수 접는

내 술 취한 걸인 하나를 님께 보냅니다; 비틀대며 내가 걸어간다. 초점이 흐려진다; 모든 탓 이 빌어먹을 땀 때문. 땀이 나를 망쳤어; 어찌 또 비틀비틀 걸어가는 걸인이다. 어깨들 몇 짚으면서 진영 헤집어버리니 그제야 저 다리들 엉키고 서로 꼬여 소란스러워지기 시작하더라; 내 일이 나를 토한다; 거기 내 자리는 없단다. 기꺼이 반동분자 하기. 저는 병참 부대원입니다; 모든 서커스는 외국에 있다.* 후방에 있겠습니다. 얌전히 머멀리거나 저으면서… 쥐 죽은 듯 살게요. 괜히 읽었다. 쥐는 쉽게 죽지 않아. 모든 외국은 서커스에 있다고; 그는 내 귓속에 매일 토한다. 영양제는 누가 만들었을까? 나는 매일 토한다; 그것이 내 직업. 나는 참고 있다; 통째로 삼켜버린 외국. 땀이멎질않는다. 해방이 나를 견딘다; 폴렌타; 아무 맛도 없는

* 아글라야 페터라니, 『아이는 왜 폴렌타 속에서 끓는가』, 배수아 옮김, 워크룸프레스, 2021.

이바구

아아 구운 가지 냄새… 미친 듯한 이 허기. 스톱 버튼; 스스로 껴안으며 비명 하는 저 얼굴.

게임이 우리를 시작해버렸다.

걸음이 나를 하게 두다 보니 어찌 충정로 사거리까지 와버려, 이 어두운 종로삼가 아니 아현 가구거리 앞에 주저앉아 엉엉 울고 있는 이 내가(ㅋㅋ). 어려운 것 없는데 뭐

쉽지도 않아서. 어찌 또 가만 보니 저 얼굴 찢어질 듯 웃음 하는 얼굴이더라. 내 진짜 어디 거짓 위로라도 좀 드리고 싶은데.

저 울보 친구로부터 내 이 밤 또 한 번 지켜본다고. 지금 걷는 이 돌담길. 지난밤 끌어와 설명하지 아니하고야 한 발짝도 뗄 수 없다는 명령 제쳐두고. 가위바위보 하여 묵 낸 피터와

가위바위보 하여 찌 낸 철수가 다를 리 없다는 나의 노하우로 세워진 이 돌담길. 그늘도 밤도 분간 못 하고 주저앉아 거 내 폼 좀 잡느라 다리 꼬니

저 사방 둥지 하러 몰려드는 초파리 떼.

좋다. 단 한 번이라도 녹음하고 싶군. 내가 마주한 자네, 이름 영희라 하였나. 그쪽 정수리 탈출하며 저 먼 밤으로 날개 하는

바퀴벌레로까지. 그래, 알려주지 않으니 더 좋아. 어데다 차치하고, 깡패 하나 없는 거리라니.

이 얼마나 무서운가? 아니,

우스운가? 고무줄 반동 흉내 하듯 물결 하는 저수지에서.

저수지 물결 기어코 만들어내고야 마는 이 출렁다리에서. 돌담길 아래 쓰러진 저

피터까지. 그는 매번 그에게 졌고 그는 매번 그에게 이겼다는 이 만성 위경련 환자

철수의 투덜거림까지.

내 앙앙 울다가도

딱 이 초에 한 번씩 마디만큼만 명치 밀고 들어오는 칼 맞느라 정신이 없어

아니.

나는 칼의 입장입니다. 영희라 하였나. 저 딱딱한 밤의 돌담 뚫어보겠다고 들이미는 정수리. 그것이

앙앙 웃으며 쪼개지다가

하필 내 오늘 소유한 차가 준중형이라 몇은 구겨 싣고 몇은 옮겨다 싣고 몇은 돌돌 묶어 보닛에 매달아보아도.

플레이 버튼;

어젯밤 프라이팬 꺼내 가지 하나 굽느라 선물 받은(철수였나?) 일 분짜리 모래시계 뒤집어놓았는데 그 모래 밑에서 위로 회오리 하듯 치솟으며 달걀 깨뜨릴 새도 없이 온 부엌을 난장해놨더라. 쓸고 쓸어도 끝이 없어 일 분 이 분

삼 분… 시간만 자꾸 가는데

올려다보는 자세 그대로 내 녹아내려도 좋겠다고 이 돌담길. 여름. 햇살. 그만 아무 데나 퍼질러 앉아 탁주나 깔까 싶다가도

어디 가지 탄내 매캐하여 내뱉은 기침 한 번에 다시 사방 흩어지는 저 저 모래알. 햇살. 여름

어찌 됐든.

돌담 내 이제 안중에도 없고 이쯤 되니 지난밤이 중요한 것인지, 어찌 한번 시작해보려는 이 돌담길이 중요한 것인지, 피터고 영희고 나발이고 뭐가 중요한 것인지도 내 모르겠다고

이거 어찌 잘못된 거 아닌가?

지난밤 끌어오라는 명령 피하자고 시작한 짓 아니었나?

중얼거리는 내가

나는 슬슬 지겹다 하더라.

놀이터

저 한창 흥 오른 화투판에 내 슬쩍 껴 광이나 팔아보자고 시작한 짓인데 없던 것 잃고, 잃은 것 잊고, 잊은 것 다시 얻길 반복하니 슬슬 내 좀 혼란이 온다. 그래. 손에 쥔 것 모조리 팔아버리고 저 동양화 난장질 보고 있자니 이제 잃은 것도 아니고 얻은 것도 아닌 판돈 생각만 자꾸 나더라. 내 더는 패 하나 남지 않았을 때. 깡도 악도 희미해졌을 때. 나는 누구와 싸움하나. 깡패 하나 손 털며 자리에서 일어서고. 싸움은 나와 마주 앉아 무엇 하나. 깡패 둘 손 털며 자리에서 일어서는데. 내가 이 나를 어벙하게 내려다보고 있는 벽산아파트 17층 18층… 베란다에 우두커니 서서. 아니 저기 왼손바닥 위로 포근한 흙 쌓아가는 놀이터의 내가. 하필 오늘 딱 지배할 수 있을 만큼만 분주한 놀이터에 앉아 있는 이 외로운 내가.

두껍아 두껍아 건넬 헌 집 찾아 헤매는 내 두리번거림을 *두껍아 두껍아* 주변인 모두가 기다려주는데 *두껍아* 나만 기다려주지 않는 *두껍아 두껍아* 노랫소리 안에서 저 시멘트 포대, 철골, 비계 자꾸자꾸 쌓여갈 때 내가 선 28층 벽산아파트 베란다에서 그러니까 2807호 3510호… 점점 작아지는 이 놀이터의 나를. 놀이터를. 내가 선 이 아파트 옥상까지 ZOOM-OUT 하듯 쭉 밀어내다 보면, 이전과 다른 놀이터. 다른 철봉. 다른 폐타이어. 다른 금붕어. 새로운 나의 놀이터. 이른바 뉴노멀.

히드라

의도가 없다는 의도를 의도하지 않으며 의도하지 않았던 의도 슬쩍 의도하기.

~~놀이터#3-1~~

그래 다시 용기 하여 이번엔 내가 화투판 새로 주도할까 하다가 저 동양화 난장질 지겹고 오고 가는 돈냄새 솔잎 냄새 포카 훌라 다 지겹고 가다마이 걸치고 후까시 잡는 깡패도 지겨워 내 놀이터 내 발로 걷어차버리고 창경궁 종로 오가 사가 좀 걷다 보니 이 걸음걸이마저 지겹다. 호두과자나 한 봉지 사서 호두 크기 비교하다가 어데 광화문 씽씽 마트라는 데 들러 12구짜리 달걀 한 박스 사서 경복궁에 앉아 난간에 달걀 꺼내 놓고 흔들릴 때까지 기다리기. 그러다 산책. 산책. 내 등 빨간 펜으로 밑줄 긋고 나를 산책. 산책이라 부르는 저 목소리 듣기 버거워 꼼짝 않기. 부정하기. 죽은 듯 있기. 부정당하기. 죽어버리기. 부정을 부정하기. 죽음 깜빡하기. 처음 겪는 동네만 골라 훼방하기. 담배 피우기. 돌아다니기. 침 뱉기. 주저앉기. 테라 병맥주 아스팔트 바닥에 깨버리기. 동네가 나를 알 리 없어질 때까지. 마침내 끄떡없는 취리히 호수까지.

광역버스

심야의 버스 정류장 의자에 내가 앉는다.

어딘가에서 온 버스가 잠시 머물렀다 어딘가로 떠난다. 내가 내리고 싶은 곳만 포기한다면 버스는 어디로든 나를 데리고 가준다.

저 먼 미래의 집 생김새를 상상해본다. 미래의 현관문이 열릴 때 목소리 하는 로봇 흉내 하며 내 이름 불러본다. 그 목소리 썩 마음에 들어 헤드폰 둘러쓰고 앉아서 백 년 뒤 이곳 버스 정류장 모습도 떠올려본다.

한들 그 먼 미래 어디 각자 틀어박힐 골방 하나야 없어질까? 논밭 싹 밀어버리고 매끈한 도로 세워놓는다 한들 어디 각자 씨 뿌릴 곳 하나 없을까? 그러니까 내가 여행하는 것 아니고, 여행이 나를 할 때까지, 골방에서 궁둥이 비벼보는 저 친구를. 감히 미래 같은 것이 쉽게 죽일 수 있을 리가?

백은선

2012년 문학과사회 신인문학상을 수상하며 작품 활동을 시작했다.
시집 『가능세계』 『아무도 기억하지 못하는 장면들로 만들어진 필름』
『도움받는 기분』이 있다.

붉은 개와 붉은 개 닿기

차단당한 나의 개는 음악에 종사하기를 포기하기에 이르렀다. 내 개가 네 개에게 닿기를 예컨대 성경 속에 묘사된 밤이요 그것이 숲이며 사막이며 어둠의 직전이라. 아무것도 도래하지 않았고 그저 도래했다 혹은 도래할 것이다 도래할 것이라는 예감이라고 예감하는 차원에서만 닿을 수 있었는데 그러므로 그것은 저 사막의 모래 한 알도 움직이지 않은 것과 같은 것인가 다른 것인가. 두 미친 약쟁이 작가가 작은 카페의 구석에서 모래 한 알 때문에 밤새 입씨름을 벌이다 서로의 면상을 갈기는 일까지 벌어지고 말았으니 결국 모래보다 큰일이라 사람들은 뒤늦게 모여 소문을 옮겨댔다. 즐거운 일이지 서로의 견해를 나누며 밤을 새우고 힘을 쓴다는 것은. 요즘은 도무지 그런 작가가 나타나질 않으니 세상이 말세로군! 늙은 작가가 몇 달 뒤에 그에 대해 이야기가 다 끝나고 사람들이 다른 이야기를 떠들고 남았을 때쯤 그렇게 말하며 멋지게 사건을 마무리하는 듯 보였지만, 애초에 머리를 맞대고 싸움을 벌인 두 사람은 식지 않은 가슴 때문에 잠도 못 자고 그것을 죽은 말의 대가리처럼 밤마다 노려보며 눈싸움을 하는 것이었다. 절대 이길 수 없는 눈싸움이 죽은 말과 하는 눈싸움이라고 몇 번이나 생각하면서도 도저히 눈이 감기지가 않는 것! 분통이 터지는 이 가슴! 피가 끓어 차가워지는 밤! 나의 개는 컹컹 음악의 끝을 알리며 골목을 쏘다녔지만 내 개가 네 개에게 닿기를 도대체 뒤엉켜 떼어놓을 수 없을 정도로 뒤섞인 두 마리 짐승은 두 마리 짐승이라 보는 것이 옳은가, 한 마리 짐승으로 취급하는 것이 옳은가. 화가와 화가는 구도와 색채 명암에 대해 정오에 이르도록 말싸움을 벌이다 테라스에 앉아 상대의 얼굴에 술을 들이붓는 지경에 이르렀으니 이것은 신비주의도 광기도 아니요 한낱 낭비에 불과했거늘 젊은 화가들은 이 싸움을 두고 색채의 전쟁이라 일컬으며 서로의 편을 가르고 누구의 붓이 더 온전히 개를 개로서 뭉치는 동시에 떨어뜨려놓을 수 있을지를 골몰했으며 아직 아무의 편도 들지 못한 사람들은 더 이상 지체되기 전에 빨리 한쪽의 편을 들지 않으면 존재감이 사라질 것을 염려하며 좌불안석 그들의 전작을 훑기에 바빴다. 이를 두고 멀리서 두 작가가 한 화가를 옹호하며 한마음이 되었으니 이것이 예술의 화합이요 그토록 세상이 바라던 복합이 아니던가. 모두가 어리둥절하며 삼 대 일의 싸움을 바라보던 그때 각

종 예술지에서 온갖 특집을 쏟아내며 문학과 미술의 긴장을 조명하던 그 순간 혜성처럼 등장한 자가 있으니 그가 바로 유명 블로거 H였다. 그는 한때 음악가가 되기를 꿈꿨지만 끝내 음악의 곁에 머무르지 못한 자. 모든 일의 배후에 음악이 있다는 것을 눈치채고 말을 쏟아내기에 이르렀다. 개와 개 사이의 한 치의 오차와 영원한 멀어짐 종속 관계 끝내 성립되지 않은 채 성립되는 대립의 불안정한 완성을. 어떤 저명인사도 그의 등장을 입에 올리지 않았으나 모두가 그의 새로운 말을 기다렸다. 이렇게 빼곡한 권위주의라니! 이곳은 텅 빈 시소와 같다! 처단당한 나의 개가 행방이 묘연하니 더 이상은 그 엄청난 회전을 좇을 수 없구나. 비탄에 빠진 밤. 출발하려는 것과 도착하려는 것이 한자리에 있음이요. 작가와 화가는 입을 다물고 사방의 눈치를 보며 함께 나누었다 감정. 가장 큰 공포는 아무것도 이해할 수 없다는 사실이었다. 훗날 상대의 얼굴에 술을 끼얹었던 외톨이 화가가 한 점의 그림을 내놓으며 화단에 돌아왔을 때 온통 붉음뿐인 희미한 윤곽 아래 그가 적어놓은 말을 읽어낼 수 있는 자는 결코 없었다. H는 비교적 사람이 드문 월요일 오전 미술관에 방문하였다. 돌아오는 길에 차분하게 경악하며 생각에 빠진다. 개와 개가 멀어지는 순간은 음악의 해방인가 종말인가.

비밀과
질문
비밀과 질문

책 속에서 출렁이는 물을 만났어 몰캉몰캉한 젤리들이 눈 속으로 가득 쏟아졌어 이렇게 고요한 밤에 어떻게 나는 숨을 쉬고 말을 할 수 있을까 불 속에서 녹아내리는 몸 줄곧 가지고 다닌 비밀과 질문 정말이라면 그것이 정말이라면 물은 까맣고 까만 것은 무한하기에…… 무어라 부를 수 있을까 그것을 비밀과 질문이라고 한다면 너무나 쉽고 가벼워지는 그것을 어쩔 줄 모르고 공중에 놓여 있던 두 손이라 부를 수 있다면 주머니가 있어 손을 감출 수 있었다면 얼마나 좋을까 물은 형상을 바꾸며 나아갔고 나아가며 멈춰 있었고 물무늬가 그리는 파동이 겹겹이 흔들리며 얼굴을 짓뭉개놓는 동안 울면서 울면서 달리고 달리는 커다란 기차를 생각했어 기차를 끌어당기는 은빛 선로에 대해 생각했어 그 안에 가득 찬 빼곡한 숨을 숨찬 주문을 들으며 들으며 귓속으로 쏟아지는 계속되는 것을 영원히 끝나지 않는 순환의 지독함과 아름다움을 액자 속에 걸려 천년 동안 서서히 밝아지는 동시에 스러지는 이미지를 떠올렸어 그것을 온전한 절망이라고 믿고 싶었다 그러나 온전한 것은 없기에 책 속에 머리를 박고 활자를 중얼거리며 기차가 달리는 리듬으로 한 문단 한 문단 달리고 달리며 비밀과 질문 비밀과 질문 출렁이는 물속을 들여다보려 애를 썼고 아무리 애를 써도 보이지 않는 심장처럼 물은 검기만 했고 숨찬 내일 무한을 잠시 엿본 것만 같다고 꽃이 꽃꽃꽃꽃 달리고 달이 달달달달 떨리고 숲이 숲숲숲숲 웃어대는 리듬 속에서 숨찬 내일 두 손을 휘저으며 끝없이 두 손을 휘저으며 이렇게 시끄러운 밤 어떻게 너는 꿈을 꾸고 잠을 자는가 그것이 정말인가 무엇을 향하는지도 모르고 삿대질을 하며 울던 줄곧 가지고 다니던 두 손

손목을 은빛 선로 위에 둔 채 기다리고 있다 기적이 가까워지기를

상자를 열지 않는 사람

수박을 사서 돌아가던 길이었지 옥탑을 향해 계단을 올라가다 쉬다 다시 오르면서

숫자를 세고 눈앞의 반복을 꼽아보며 나는 오로지 무게를 견뎌야 하는 순간에 집중하고 있었지

그거 알고 있니 때로 불필요한 것도 전부 갖고 싶어질 때가 있다는 거 모로 누워 휴대폰 사진을 하나하나 넘겨보았지 팔 년을 돌아보며 내 몸은 가만히 있는데 이토록 많은 시공간 속에 살아 있었다는 게 앞으로도 계속된다는 게 끔찍해서 눈물이 날 거 같았다

수박은 넣을 자리가 없어 베란다에 둔 채

나는 갔어 먼바다에

파라솔 대여비가 만 원 텐트 치는 데 만 원

누워서 끝없이 모래를 털고 털며 짜증을 냈지 바다에서 들었다

파도 소리 아이들 꺅꺅대는 비명 소리 갈매기 울음소리

끝없이 떠드는 취한 어른들 높아진 목소리 나는 모든 것들 동시에 듣는다

결국 또 누워 있으려고 여기까지 온 걸까 시계가 갖고 싶고 맛있는 것도 잔뜩 먹고 싶어 누군가에게 갑자기 말을 걸고 운명처럼 친해지고 싶어 갖기 싫어 먹기 싫어 가까이 하고 싶지 않아 나는 찢어지고 찢어지는 나를 구경하며

아 재미있다 아 재미있다

모래를 털고 숙소에 들어서면 모래가 밟혔다 샤워를 하고 나와서도 모래를 밟았다 이불 속에서도 서걱거림은 계속되고

어쩌면 이런 계속도 나쁘진 않은 것 같아

티브이를 보며 어두운 방이 흔들리는 것을 보며

습관적으로 오늘 세상이 끝난다면 어떨까 그렇게 말해 보며

짠내가 섞인 끈적한 바람이 불어왔지 나는 어떤 기분으로 유효해질 수 있을까

그거 알아? 온도는 때로 망쳐놓는다는 거

바람이 나를 만질 때는 새들도 눈을 감고 내려앉는다는 거 누군가는 결코 끝까지 상자를 열지 않을 수 있다는 거

그게 나라는 거

첫번째 손이 와서 이야기를 전해주었지 넌 이제 곧 알게 될 거라고 나는 여전히 모르고
두번째 손이 와서 함께 살자며 침대를 차지했지 어느 날 돌아와 보니 새끼손가락만 베개에 놓여 있었고 나는 영문도 모른 채 몇 계절을 헤매고
세번째 손이 왔을 때 나는 커다란 장갑 속에 손을 가두고 냉동실에 처박아버렸어 처음부터 손이란 걸 알았던 적 없었던 것처럼

기후는 비, 비 오는 바다는 썰렁하고 입수금지 우산을 쓰고 맨발로 해변을 산책했다 높은 파도
즐거웠어 너무나도
이제 이제 이제
나는 몇 번의 공로상을 받고 대출도 받았지 슈퍼에 가면 계란 우유 파 삼겹살을 사는 보통의 삶을 살고 싶었어 계속이 계속되는 것을 바라보고 기록하는 생활이란
부엌에 서서 새우깡을 뜯어 먹으며 노트북을 켜고 신문을 들춰보는 손과 눈의 역할을
세상에서는 뭐라고 부르는지

재밌다 재밌다
아아 재미있다

돌아가면서 나는 약간 흥미로운 생각을 했어 너무 쉬워서 웃음이 나기도 하고 화도 났지
가르쳐주지 않을 거야
길을 빨리 달리면 생각은 속도에 맞춰 무성해지는 순간도 온다고만

베란다 문을 열자 물크러진 수박 위로 초파리가 잔뜩 날아다니고 있었지
청소의 날은 그렇게 시작되지

상자를 열지 않는 사람

그네 아래는 하얀 꽃이 있다

폴란드 폴란드

새가 날아가는 순간 새는
무언가 놓고 가는 것만 같고

하얀 것은 깊이를 알 수 없다고 믿었다
불타는

나의 폴란드

아름다운 사람들이 벤치에 앉아 웃고
아이들은 손과 손을 겹쳐 흔들리지 않는 탑을 만들지

소리 없이
날개를 접는

물속에서 영원을 구할 때 너는 눈과 코와 입을 잃었고 그 뒤로 떠내려간 입이 부른 노래가 가장 긴 이름이 되었다고 하는데, 물속에서 영원을 구할 때

찌를 드리운 노인이 부드러운 목소리로 말했지. 들여다보면 들여다볼수록 점점 더 멀어지는 것이 당신이 결국 갖게 될 미래라고, 그 말은 둥근 포물선을 그리며 퍼져나갔지. 그것을 절망이라고 부르려 했지만.

젖은 종이에 씌어진 말은 알아볼 수 없고

알아볼 수 없기 때문에 완성되는

폴란드 폴란드

계속

그네는 흔들리고 꽃은 하양을

무력한 것만이 유효하다는 믿음은 손쉽게 이루어지면서도 부서지기 때문에 너는 그럴듯한 기분으로 태도를 지

키기 좋았지. 시 안에서 꽃이 다뤄지는 방식으로. 미래처럼. 절망하기 위해 태어난 포즈는 늘 호응받기에, 너는 줄곧 들여다보았지. 들여다보지 않는 순간에도 들여다보고 있다고 그것이 바로 흔들림이라고 적었지.

손과 손을 놓고 멀어지는 연인들처럼
다리 위에 매달린 기쁜 숨처럼

기울어진 것은 두 가지 사건에 관해
간결한 견해를 표명하고
8과 0으로만 이루어진 세계

네가 다가갈 수 없는
대립

폴란드

열리지 않는

대립

폴란드

상자를 열지 않는 사람

일요일 아침

창백한 눈의 천사가 내려와
나의 이마를 짚어요

너는 목요일에 태어났으니
불을 만나겠구나
한 번의 마주침이 너를 영영 태워버릴 수도 있겠다

천사의 날개는 파랗고 투명해
염殮의 방식으로 빛이 되고 싶었던 적은 없는데요
어떤 미래도 알고 싶지 않아요!

말다툼을 하다 서로의 머리채를 움켜쥐고
이거 놔
니가 먼저 놔

이렇게 황당한 아침
결국

천사는 천사의 몫으로
나는 나의 몫으로
각자의 아침을 준비하고

완숙 계란과 반숙 계란
밥과 김치 콩나물국을 사이에 두고
마주 앉았어요

나는 비가 오지 않는 나라에 대한
얘기를 했지요

천장 없는 무덤에 숨어 사는 사람들
월급을 받을 때마다 몇 장씩 벽돌을 사
일생에 걸쳐 집을 짓는 사람

그 나라의 과일은 무척 달고
싸다는 것도 빼먹지 않았어요

어휴, 천국의 예의범절 같은 건 궁금하지도 않았어요
여긴 하늘나라가 아니에요!

언젠가는 알게 될 거야
심술쟁이 고집불통

천사는 말하지만
예고된 건 결국 다 구멍투성이야
그게 고집이라면 나는 그럴 거라고

는
는
는

점선을 끌고 가는 창턱의 개미들

―――――――――――― ――――― ――――――――

빈 시간

대체 무엇을

해야 하는지

어떻게 해야 지나가는 거죠
청소도 빨래도 없는
아이가 잠든 긴 밤은

영원히 기다리던 아름다운 순간은 따로 있는 것만 같아

는는는 는는는 ((날아가는)) 는는는 는는는

이게 내가 갈망하던 자유라고요?

술이나 홀짝이며 탕진하는
젖은 쥐 같은 꼴이

하하하

내가
배울 것이 더 이상 남아 있지 않다는 게
사실인가요?

아직 아무 준비도 안 됐다고

눈처럼 챠챠챠 흩어지는
뼈처럼 똑 부러뜨리고 싶은

마음
마음이라는 이 좆같고 애매한 말!

월요일 아침

천사가 잠든 방문턱에서
나는 빽 소리를 지르고 말았습니다

그날 아파트 복도에 서서 천을 털고 있을 때

추락하는 것을 보고 말아서

끝도 없이 늘어나는 큰 천을 움켜쥐고

천사라며
사람이 떨어져 죽는 동안

잠이나 자고
대체 뭐냐고

그런 게 천사면 세상 사람 다 천사겠다고
날개를 쥐고 흔들며
욕을 했습니다

스스로 빨지도 못할 걸 몸에 두르고 다니다뇨

붉은 점

엎질러진 것이
얼마나 작아 보이던지

난간에 나란히 서서
하염없이 내려다보던

가장 큰 중력이 만드는 침묵을 이해해
모르고 싶은 것도
자꾸만 다 알게 돼서

천사와 나
한참 서 있다 한참 누워 있다
울고 말았습니다

너의 신성을 남에게 의탁하지 마!

심장이 깨져요

뽀각
뽀각

나 그냥 아무나 붙잡고 선생님이라고 부르면 안 돼요?

하루가 이렇게 시작돼요

전력 질주는 맹수의 습성
나무는 숲의 노래
문을 두들기는 건
비밀이 없기 때문이지만

만질 수 있었다면 다 사라졌을 거예요

그게 내가 불을 이해하는 방식이고
날개를 바라보는 가학이죠

태도는 오래전에 굽은 등을 뒤집어
섬을 만들었어요

단벌 신사야

천사는 어떤 냄새를 풍기나
그런 것을

목요일 밤에
마루를 닦았어요

계속되는 합盒에 지친 아이는 내일은 꼭
치킨을 먹자고 말했지만

우리 셋은 돗자리, 캠핑 의자를 챙겨 공원에 가요
우리 셋은 돌아가며 수건을 돌리고
우리 셋은 한동안 남이 됐다가
뙤약볕 아래 잠깐 하나였죠

날개가 있는 건 안 먹을 거야

는는 는는
는 는
는는는 는는는
는는는 는는는
천사

고집불통 심술쟁이

나는 잠든 얼굴을 내려다보며
침대맡에 서 있었죠

갸갹 갸갹
이 가는 소리

천사와 함께 술을 마시고

천국의 밤은 어떤지
가르쳐줘

모든 게 같지만 착한 사람들이 모여 있다는 얘긴 하지 말아줘

일주일 중에 목요일 밤이 가장 길다는 말은
너무 희극적이야!

금요일 아침

는
는
는

이게 다 비昆의 준비 운동일 뿐이라고
오늘을 말하진 말아줘

물이 끓어서

소복
눈 내리면 좋겠다

물이 끓고

물이 끓어서

는

    는

        ㄴㅡㄴ

물이 끓고

물이 끓어서

존재하는 데 왜 이렇게 많은 지옥이 필요한가요

천국은 하나뿐이고

그곳에 들어가는 문은 좁은데

아무 대가 없이 사랑해줄 수는 없어요?

픽션다이어리

창백한 나의 장면은 허공에서 시작된다
달

감정이 언어를 압도할 때 우리는 말을 잃는다

운다는 말은
눈물의 실제를
얼마나 가질 수 있어서

울다 사랑하다 아프다 같은 말들이 싫다

모래를 파 내려가는데
아무리 파도 모래뿐이어서
모래를 두고 모래다 하고
모래모래모래 하고

그걸 다시 보면

모래라는 말은 모래에 대해
아무것도 모르는데

낭떠러지

계피

검고 검은 결혼식

나는 가끔 신과 유사하고 모든 것을 동시에 보고 겪는다고

한참을 멍하니 앉아 탐스러운 황도의 냄새를 맡는다
달고 물크러질 것 같은

새로 산 침대 새로 산 세탁기 새로 산 냉장고
……반짝이는 티스푼들
이렇게 많은 새것이 한자리에 있는 건 처음 봐

신혼부부
신혼 생활

아름답고 황홀한 냄새

나는 병을 사랑했다
더 이상 아프지 않을까 무서워서 울었다

달에는 기지가 있고

발은 흙 속에
손은 얼음 속에
머리는 불 속에
둔 채

뒤집힌 풍뎅이 같다
징그러워

그런 말을 우물거린다

나를 본다면
직전이라는 말이 떠오를 것이다

날아오르는 새들

이제와 같이 항상 영원히
이제와 같이 항상 영원히

내게도 달이 있고
차가움과 뜨거움을 동시에 안다

믿지 않겠지만
빈다는 게 얼마나
사람을 부러뜨리는 일인지

안다
안다는 게 얼마나
어려운 일인지도

나를 지켜주지 마

액셀을 밟는 건 오른발
뛰어오는 소를 피하는 것도
나야

너는 맹세 때문에 수수에 빠져 죽을 거니까

떠나자고 하지 마

장갑을 벗는 건 내 몫이고
내가 원할 때마다
나는 다
불살라버릴 거니까

달

기록된 절망과 기록되지 않은 절망 사이에는 강이 흐른다 기다란 막대기 기다란 막대기 왼발 다음 오른발 믿음이 없는 사람과 믿음이 충만한 자가 강을 사이에 두고 마주 본다 강가는 비옥하고 풀은 높다 왼발 다음 오른발, 왼발 다음 오른발 발 한 짝이 혼자 뭘 할 수 있겠어 믿음이 충만한 자 믿음의 깊이에 휘청이는 자 강물은 푸르고 풀은 높다

가장 좋아하는 건 마트의 통조림 코너 로고가 보이게

정리된 선반 위 색색의 캔

사람이 이 이상 다정할 수 있어? 묻지만 단 한 번도 원한 적 없어요

손에 물도 안 묻히게 해준다는 말
죽어도 함께 있자는 말
전부

내려다보는 것은 지루하다

절박이 너무 커서
아무 감정도 들지 않아
한낮의 풍경을

집 안에 가두려 했던 것

나무 아래에는
무성한 잔디

잔디와 잔디

거봐

깊이 파인 운석공이 검게 물들어서

네가 본 것이 나이고
내가 본 것이 너라면

어둠은 어디에 자리하고 있어서

우리는 말을 잃고

달달달

쏟아지는 눈과 지워진 입으로

떨며

내가 알려준다고 했잖아
다윗이 신을 기쁘게 하기 위해
연주했던 선율을

내가 다 알려준다고 했잖아
그건 너의 말

몸을 잃어버린다는 건 기쁜 일

모든 곳에 존재하고 모든 것을 겪는다는 건
무엇 하나 진심인 적 없다는 것

그런 것도 가끔 산다고 하고
낡아가는 것과 함께
늙는 것

믿음이 흐르는 방향으로
달

흑과 백이 첨예하지 않다

앞면과 뒷면 사이에서
균형 잡기의 나날

열린 팔의 형태로

발은 흙 속에
손은 얼음 속에
머리는 불 속에
둔 채

지워지지 않는 냄새 속에서
불을 만든다

그것이 내가 세상에서 배운
가장 분명한 기도

* 소와 수수, 장갑 이야기는 영화 「드레스 메이커」(2015)에서, 다윗과 선율 이야기는 레너드 코헨의 「할렐루야」(1984)에서 착안하였다.

대답 없는 질문

아름다움이란 무엇인가? 혹은 사람의 마음을 (좋은 쪽으로든 나쁜 쪽으로든) 흔들어놓는 것은 무엇인가? 시는 대체 무엇이고 왜 이 세상에는 시가 필요한가?……

나에게는 많은 질문이 있다. 나에게는 많은 질문에 대한 대답이 있고 나는 늘 대답하는 동시에 침묵한다. 왜냐하면 다 알기 때문이다. 왜냐하면 하나도 모르기 때문이다. 이보다 정확하게 이야기할 수는 없을 것이다. 그러나 이 같은 대답은 때로 어떠한 것도 지시하지 못하는 불투명의 영역에 속하는 것처럼 보일 수 있다. 그러므로 애매하고 무엇도 지지하지 않는 불신에 가득한 사람처럼 보일 수 있다는 것도 안다. 아무것도 선택하지 않고 행하지 않음으로 반을 얻으려는 것처럼. 그러나 나의 태도는 명징하다. 나는 무엇도 선택하지 않는 것이 아니기 때문이다. 나는 두 가지를 한 번에 선택한다. 다 틀린 동시에 다 맞다는 걸 알기 때문이다.

아니다 나는 아무것도 모른다. 모르기 때문에 두 손을 동시에 잡는 것이다.

이 '동시에'라는 것은 나에게 매우 중요한 개념인 것 같다. 시간차를 염두에 두고 소거해나가지 않는다. 이것이 틀리면 저것, 의 스탠스를 취하지 않는다.

나에게 있는 질문들은, 질문 그 자체로 대답 없이 기능할 수 있다. 오히려 분명한 대답이 자리하는 순간부터 썩어버릴 것이다. 대답이 불가능해야 온전해지는 질문인 것이다. 그래야만 무한히 되풀이되며 질문할 수 있기 때문이다.

나는 질문을 통해서 무한히 확장되며 영원이라는 것에 가까스로 조금 가까워지는 것 같다.

나는 내가 무엇을 하는지 알고 있다. 아주 잘 알고 있지만 하나도 알지 못하는 것처럼, 범박하게 말하자면 바보처럼 행위하는 것. 부끄러운 낡은 수법이다. 그러나 누군가를 속이기 위해 이처럼 좋은 방법이 또 있을까.

상자를 열지 않는 사람은 왜 상자를 열지 않을까?
1) 상자 안에 뭐가 있는지 알아서
2) 상자 안에 뭐가 있는지 모르지만 궁금하지 않아서

대개는 이 두 가지 원인에 수렴할 것이다. 인간의 호기심을 이길 수 있는 것은 많지 않기 때문이다. 나는 '안다' 혹은 '배운다' 또는 '모른다' 같은 상태에 아주 관심이 많다. 사람은 언제 분명하게 '안다'고 발화할 수 있는 것인가?

상자를 열지 않을 수 있는 세번째 이유가 있다. 3) 상자를 만든 것이 자기 자신이기 때문이다. 그래서 열어볼 필요도 없다. 그것은 신의 영역일 것이다. 나는 그런 방식으로 신을 사유한다. 신은 전지전능하다. 그러나 나는 한 치 앞도 모르는 범속한 존재이다. 한 사람 안에 그 두 존재가 동시에 있다면 어떨까. 모든 일은 동시에 벌어지지만 동시에 두 가지를 함께 움켜쥘 것이다.

신의 손과 인간의 손으로.

이다음에 쓸 엄청나게 좋은 문장이 있었는데 까먹어버렸다. 5분 동안 멍하니 그 문장을 생각해내려고 애썼다. 하루만 더 생각해보고 생각이 안 나면 글을 마무리해야겠다.

그것을 생각해낸 것도 내 머리고 잊은 것도 내 머리다.

하루가 지나가버렸다.

안태운

2014년 문예중앙 신인문학상을 수상하며 작품 활동을 시작했다.
시집 『감은 눈이 내 얼굴을』 『산책하는 사람에게』가 있다.

문득 그 계절이 되는

문득 그 계절이 되는. 나는 할머니가 살았던 곳의 담벼락을 거닐고 있었는데 문득 그 계절을 걷게 되면 내게 파도가 밀려오는 듯하고, 나는 순간 놀라 다음 걸음을 걷고, 또 놀라 그다음 걸음을 걷고…… 놀라서 걷는 걸음이 다음 걸음이 되는. 거기서 하염없이 멀어진 채로 떠돈다면, 나는 파도의 걸음이 되는 듯하다고 파도의 걸음으로 걷고 있는 것처럼 느껴져 기분이 좋아지고, 문득 그 계절이 흘러드는.

그러면 꿈을 꿀 수도 있을 텐데. 어느 날엔가 불현듯 떠오를 만한 꿈. 이 꿈속에서는 누군가 사과를 하고 또 누군가 용서를 하고 나는 그 둘 다가 되어서 사과와 용서를 하고 그래 미안해 그리고 괜찮아, 헤어날 수 있을 거라고 이 꿈을 마저 꾼 다음에는 어디로든 숨어들자고 벗어날 수 있다고, 그러면 문득 그 꿈을 꾸고 난 후가 되어 있었고. 이제 파도 속으로 들어가면 좋을 텐데. 바람 속인지 물속인지 모르는 채로 파도라는 것 속으로 들어가면 모든 게 서툴러지는 듯하고 문득 그 계절이 되고.

계절은 흔들릴 수 있을까. 흔들렸어, 잠깐 흔들렸던 것 같다고 방금 전 그 계절을 되돌아보며 멈칫했는데, 할머니? 하고 불러볼 수도 있을까. 할머니? 하고 부르면서는 다시 할머니라고 부르고 싶은 다른 것들이 생겨나나. 그 계절이 된다면. 문득 그 계절이 감은 눈 속으로 흐르는 노래라면, 고추밭 너머에서 일렁이는 방파제라면, 가을 평상으로 흘러드는 구름 같은 숨결이라면, 내 앞에서 생겨나는 것들에 대해서 할머니?

내 앞에서 가만히 있는 것들, 테킬라와 감귤과 소라와 창문 너머 점멸하는 불빛에 대해서 할머니? 하고 불러보았는데. 문득 그것들한테는 너라고 할 수도 있어서, 그 계절이 되는. 할머니한테도 순간 너라고 불렀으므로 기이한 느낌이 드는. 할머니한테 너라고 하다니, 나는 놀란 걸음으로 다시 걸어가고 다음 걸음을 놀란 채 딛다가도 문득 너는 누구입니까.

너는 누구인가요. 그 계절에는 다만 일기를 쓰는 사람인가요. 너는 어떤 사람인지. 문득 적은 일기로 그 계절이 되는 사람인가요. 너의 일기로 계절은 흐른다. 파도가 낸 길은 닿기도 전에 이미 젖은 채 흘러가고 있었습니다. 너는 여자가 되기도 남자가 되기도 하나요. 그리움이 되기도 하나요. 나는 닿을 수 있나요. 일기에 무엇을 적었습니까. 나는 들여다보려다가 머뭇거렸습니다. 이윽고 손대자 나는 퍼져나갔죠.

그날의 빛 날씨

들어가나요, 그날의 빛 날씨
그 속으로
환대받는다는 느낌이 든다면 기분이 좋겠지
문득 고향 집을 나오면서
어느새 점심을 먹으러 나가면서
사물의 그림자와 그 주위의 빛으로
그날의 빛 날씨를 가늠해본다면
그렇게 어디서든 나와서 계속 다해갈 수 있다면
다한다는 마음이 되어본다면
좋을까
그날의 빛 날씨
오래 머무를 수도 있었지
좀더 즐거운 일을 해보자
좀더 이롭고 기쁨이 되는 일을 해보자
낙천적인 사람과 함께 걸어갈래
행동해볼래
그렇게 다짐하면서

오후에는 걷고 있을까
내가 만난 낙천적인 사람들의 즐거운 표정과 호방한 웃음을
어느새의 머뭇거림과 고적함을
그 뒷모습을
기억하면서
그날의 빛 날씨를 낙천적인 사람으로 대하면서
통일을 하고 사랑을 하고 동물을 하고 식물을 하며 구름을 그렇게 해본다는 마음으로
그날의 빛 날씨
상점 앞에 나와 엎드려 있는 개의 마음으로
소요하는 고양이의 마음으로
어디서든 나온다면
어느 안에서든 잠깐 나와본다면
뒤돌아보는 곳은 낯설어지고
그날의 빛 날씨
그날은 처음 하늘을 올려다볼 수 있었죠
사람을 따라가면서
빛 날씨를 흉내 낼 수도 있었습니다
하루하루 살아가면서
살아가는 사람을 흉내 낸다는 마음으로 살아갔는데

사람을 어리둥절한 채 살아볼 수도 있었죠
아연하게 바라볼 수도
그날의 빛 날씨 속에서라면
불현듯 내가 나의 어떤 행동인지 고심해보기도 했고
어떤 밖의 마음에 대해
누구든 떠올려볼 수 있었고
그날의 빛 날씨
나는 나를 상대하고 있군요
나는 나를 나뒹굴고 있군요
누군가 뒤를 돌아보는군요
별을 쬐면서
휘돌면서
그날의 빛 날씨
지켜줄 수 있습니다
낙천적인 동물이 되어서
술렁이면서
흔들리면서
나왔죠

이국 정서

이국 정서, 걷다가 나는 순간순간 무춤하면서도 왠지 이제는 뒤돌아봐야 한다고 느꼈고 그렇게 돌아보니 과연 좀 이상한 기분이 들었습니다. 멀쩡한 풍경 속에 있었는데도 이국 정서, 그것에 휩싸인 듯해서 다시 돌아봤죠. 무언가 훅 끼쳐왔으므로 어떤 냄새 속에서 순간 길 잃은 듯 아연해졌습니다. 하지만 갈 길이 있으므로 간다. 가고 있어. 도중에 할 일을 계속하면서도 약속된 장소에 도착하지. 시간이 흐르고 그러나 흐르는데도 내 친구들은 아무도 오지 않아서 나는 약속 장소에서 기다리다가 바닥만 바라보았다. 그러니 마침 차오르는 게 있었고 마침 지는 게 있었고 숨 막히는 게 있었고 이국 정서, 마침 그럴 리 없는데도 지나가는 그 누구든 가방을 들고 있었으므로, 그것을 감싼 채 어디론가 향하고 있어서 나 역시 나를 감싼 채 멀리 가볼 수 있지 않을까 하는 호기가 생겼고 이국 정서라니, 그것을 드문드문 호흡해보려 하면서 그러니까 뜻밖의 고백 같은 것이라고, 날씨 변화와 야상곡, 무미와 무취, 수목 경계선과 화장터 그 사이에 있는 것이라고, 어떤 공간을 떠올리면 내 신체가 그 공간과 맞닿아 있는 공간처럼 느껴지기도 했고 이국 정서, 멀리 있는 인간에게 안부를 보내기도 했지. 멀리 있지만 언젠가 볼 수 있지 않겠어요, 하지만 영영 볼 수 없을지도 모르고, 거기서 부디 잘 지내길, 그렇게 안녕과 행복을 기리는 것, 그런 둥근 마음을 주고받는 것, 멀리 있는 인간에게, 그러자 누군가의 이국 정서 속에 내가 있는 듯도 해서 아득하니 쓸쓸한 기분이 들었다.

그러면 누군가는 그날 국경에 있었고 밤이었고 숙소에서 밤이 얼른 지나가기를 바라며 기다리고 있었고 그날은 유독 시간이 더디 흘러갔으므로 늦은 밤, 밖으로 나와 가게 파라솔 아래에 앉아 있었고 그날 한밤중인데도 어디에서든 잔영이 일고 소리가 나고 한밤중,이라는 자각에 갑자기 무서워져서 얼른 숙소로 걸어 올라간다. 방으로 들어가 침대에 누워 있으면서도 어떤 잔영과 어떤 소리, 난대림과 폭포수와 꽃잎, 타오르는 잔영, 파탈하는 소리, 들끓는 잔영, 추월하는 소리, 그렇게 무언가는 내내 마찰하며 움직이고 있구나, 생각하며 누군가는 슬며시 잠들었는데 그다음 날에도 이동해야 했다. 버스 안에서 언덕과 산을 휘돌아 올라가다 또 내려가고 점점 높은 곳으로 다다르고 창밖으로는 잔설과 풀잎의 희박함, 그 모습이 너무나 아름다워서 누군가는 버스에서 내려 땅을 밟고 싶었고 하지만 차마 내디딜 수는 없는 공간이라는 느낌이 엄습했다. 그 순간 밖에서는 어떤 인간이 다가와 버스를 타려고 했지. 동물을 안은 채 안으로 들어오는 그 인간은 좌석에 앉는다. 버스 안 다른 인간들은 그 모습을 지켜본다. 동물은 잠든 채 냄새만 풍기고 있었어. 누가 먼저랄 것도 없이 버스 안의 인간들은 소리 내 말을 하기 시작했고, 그것은 그 동물에 얽힌 전설과 예감과 후일에 대한 것이라고 누군가는 추측했고, 하지만 들리는 그 언어는 조음점이 다른 언어이므로 모르는 언어인데, 하며 의아해하던 찰나 동물은 일어났지. 품에서 벗어나 누군가에게 다가간다. 누군가의 눈을 마주치며 동물은 말을 하기 시작하고, 그건 무슨 말일까, 버스 안 인간들은 다들 놀라워하는데, 누군가는 그 동물을 똑바로 바라보고 한밤중, 버스는 그렇게 경계를 넘어 다른 도시로 향해가고……

그런 누군가와 나는 이국 정서의 풍경 속에 있었다. 나는 내내 멈춰 있었는데 약속 장소에서 가방을 든 그 누구도 나를 뒤돌아보지 않았다. 순간 누구든 가방을 지닌 채 걷다가 한꺼번에 툭, 하고 다 떨어뜨려버렸으므로 나는 걸어가면서 이 가방들을 다 주워 주인들에게 건네야 하나, 이국 정서, 그들을 바라봤지. 내 친구들의 얼굴을 하고 있어서 놀랐는데…… 하지만 내 친구들은 여전히 오지 않고……

행인들

잘 지내나요, 행인들
어떻게 가나요
행인을 멈추며 행인이 되어보고자
나는 허밍을 합니다
허밍은 잘 달아나는군요
허밍은 시도 때도 없군요
행인들, 나는 신호등을 만집니다
그렇게 신호등을 건너고 인도를 걷다가 마주치는 모습은
누군가 동물에게 존댓말하는 장면
이제 그만 짖어요
집으로 돌아갈까요
그 후 동물의 뼈를 쥐어보며 고대 유물을 바라보듯 하는 인간도 지나칩니다
나는 전조등 속으로 눈동자를 빠뜨리며
눈동자가 서서히 생겨나는 걸 지켜보는데……
행인들, 그러면 멀리 있는 흔적들이 이곳으로 오는 것도 같군요

어떻게 가나요

어디를

인간의 생애 주기를 따라가볼 수도 있겠죠

태어나고 맺고 꿈꾸고 낳고 기억하고 돌보고……

윗대의 가정이 상실되어도 아랫대의 가정은 이어지므로 슬픔은 기어코라도 지나갈 것임을

그런 건 어떤 느낌인가요, 행인들

후대를 생각한다는 것은

걱정한다는 것은

건강하기를 바라요

나는 산책에서 돌아온 내 늙어가는 개를 바라볼 겁니다

태어난 조카를 경계하며 짖다가도 어느 순간 조카의 얼굴에 대고 코를 킁킁거리는 개를

그리고

멈춰 있는 시계만 보면 희한하게도 계속 웃던, 자라서 이제는 움직이는 것들에만 반응하는 조카를

표정이 생겨나나요

알 수가 있나요, 행인들

여러 언어를, 하지만 모국어처럼은 아니게 구사하는 인간들은 사투리를 끝도 없이 불려가는 것 같군요

어떻게든 알아들을 수는 있었죠

행인들, 언어가 통하지 않는 인간의 생각을 훔쳐볼 수도 있었습니다

훔쳐서 그대로 행동해볼 수도

춤추기 위해 만든 노래처럼

노래가 되어 춤을 춰보았습니다

하지만 누구든 지나치는군요, 행인들

행인을 멈추며 행인이 되어보고자

나는 누군가를 서성여보았죠

사랑을 굴러가게
한다고 그런 사랑이

사랑을 사랑하게 놔둬도 좋을까 사랑이
사랑을 굴러가게 한다고

굴러가라 하면 잘 굴러서
놓여 있는 사랑이라니

어딘가에 있는 사랑

그런 사랑이 흘러서 또 어딘가에 닿는다면

물범의 앙와위처럼
체육 시간마다 흘리는 땀처럼

창문을 통해 바라보면 구름 낀 흔들림이 맺히는 것 같은데
흔들림을 통해 바라보면 구름이 하품하며 우는 듯 웃는

듯한데

사랑

사랑과 붙여볼까

사랑과 물이라고 사랑과 결국 사랑과 플랑크톤 아래로 성냥과 사랑 위로 목례와 알비노와 개굴개굴 사랑 옆으로 목양견과 탄산 사랑과 계단과 눈

그 어느 사이든 굴러가게 하는

사랑의 호칭을 여럿으로 나눠본다면
쪼개지는 그 사랑의 서로 다른 방향으로 온갖 것들도 굴러갈 것 같은데

사랑을 계속 굴러가게 해도 좋을까
사랑하게 놔둬도 좋을까

원두막의 피뢰침처럼
갯버들의 자욱함처럼

그러면 사랑을 놓아두고 할 일을 하러 가도 좋을까

금일

금일 날 맑았다가 비 내렸고
코로나 확산과 포장제지 수급과 변이, 진단 키트
끝이 안 보이는 선별진료소 대기 줄
원격 수업
금일 시장의 흐름
날 개었고
개별 종목이 한때 그늘 반짝
외국인과 반도체
금일 마감하였고
흐름 이어가면서 노동절 연휴를 앞두고 있다
금요일과 월요일에 대해서
금일 대체육 식단
해운과 항공과 바다와 하늘이라니
가까이 그리고 멀리 눈을 두었다가 이내 낮잠이 들었고
금일 5인 이상 집합 금지
금일 디지털 화폐와 게임
금일 대선을 꽤 앞두고 잠룡 두엇 날아올라 날개를 바

라보았고

금일 아기 상어 뚜루루뚜루

금일 구름은 얼마간 끼어 있었고

전기차 몇 대가 충전소로 향하였다

금일 메타버스와 가판대

금일 널어둔 빨래는 마르나

금일 환풍기는 어디서든 돌아가고

날씨와 표정

금일 사람들은 어디에 있나

금일 비 내렸고 맑아졌다가

다시 금일

아래 쓴 것들은 수록된 시들을 쓰기 전이나 쓰면서 생각했던 게 아니라, 시를 쓴 이후에 일어난 단상들이다.

할머니

문득 나에게 할머니가 없다는 게 이상하게 느껴질 때가 있다. 할머니가 있었던 시간이 낯설 때가. 그리고 조카를 보면서는 내 조카에겐 할머니가 있군, 하고 생각한다. 어느새 나에게는 그런 날들이 지나갔구나, 떠올려보면 어릴 적 나는 임실 할머니 댁에 가 있을 때마다 무슨 알레르기 때문인지 몰라도 시도 때도 없이 재채기를 하곤 했다. 휴지를 사용하다가도 결국엔 손바닥으로 마구 코 주위를 문질러댔던 것 같다. 할머니는 내 모습을 자주 흉내 내며 놀리곤 하였다. 흡사 원숭이 흉내를 내듯 윗잇몸을 앞으로 내밀고, 손바닥으로 코에서부터 인중과 입술로 쓸어내리듯 하며. 놀리는 웃음으로 웃으면서, 내 앞에서 엄마와 아빠 동생과 친척들 앞에서 따라 하셨다. 야 봐라 태운이, 하고 코를 손바닥으로, 계속 놀리는 웃음으로 웃으며. 에밀리 정민 윤의 『우리 종족의 특별한 잔인함』*에 수록된 시 「할머니가 복숭아를 회상한다」를 읽으면서는, "잠든 애들/벌어진 입술에 올려놨다. 그리고 애들은 과육을 씹으며 일어났지"라는 문장에 눈길이 오래 머물렀다. 내 할머니도 그랬던 것 같다고, 그런 기억이 있었던 것 같은데? 그러니까 그것은 복숭아였나, 대추였나, 자두였나. 둥글고 조금은 차가운. 손주가 낮잠을 자고 있을 때 올려놓은 것. 입술이었나, 배꼽이었나, 살포시 오므린 손이었나. 조금은 움푹해서 둥근 걸 놓아두기 좋은 곳. 깨어날 즈음이라 이제는 깨어나야 밤에 다시 잘 잘 수 있으니까, 일어나게 하고 싶은, 장난을 치고 싶은, 움직이며 말하는 모습을 보고 싶은. 근데 그 사람이 내 할머니였나? 가물가물하다. 할머니? 어떤 기억은 둥근 것으로 누르면 눌러지는 피부의 감촉처럼 되살아나기도 하는 것 같다. 할머니?

* 에밀리 정민 윤, 『우리 종족의 특별한 잔인함』, 한유주 옮김, 열림원, 2020.

7. 29.

그날의 빛 날씨라는 말을 한 번씩 소리 내 말할 때가 있다. 주로 사무실에 있다가 점심을 먹으러 나올 때 건물 주위로 어른거리는 빛뿐 아니라 그림자도 생생할 때, 그 날씨는 어딘지 소중해서 간직하고 싶고 그러나 어제오늘 일이 아니라고 심상해지고 싶기도 하고, 여하튼 오늘은 숨 가쁠 정도의 빛 날씨는 아니었지만 내내 바닥을 보며 걷다가도 그래도 충분하다는 느낌이 드는 날이었고, 여러 번 건물 안팎을 오고 가야 할 수 있는 일들이 있어서 날씨를 평소보다 자주 살필 수는 있었는데, 그날 오후 마주한 장면은 어떤 날씨 같기도 하고.

이국

이국에 대해서라면 그해 거의 대부분 외국에 있었던 2010년이 떠오르고, 조금은 더 구체적인 단어로 나열할 수도 있을 것 같은데, 공항의 그 밤과 낮, 과달라하라, 별 좋은 거리, 마당 그네에 앉아 두런두런거리던 일, 또뇨, 나를 또뇨라고 부르던 하숙집 할머니의 음성, 뜰라께빠게의 공예품, 가방 수집, 한국 음식을 먹으러 일요일마다 자주 찾아갔던 한인 교회, 미초아깐 원시림에서의 수련회, 드넓은 하늘, 다른 언어를 쓰는 사람의 어조를 흉내 낸다는 마음, 센뜨로, 각 도시마다의 센뜨로들, 방 창턱을 스윽 지나가던 재빠른 도마뱀들, 스카이프를 통한 얼굴들, 와라스의 호수와 샘물의 푸른빛, 설산, 버스를 타고 겨우 도착한 밤 도시의 불빛과 소스라침, 환각 버섯을 찾아 들판을 헤매고 헤집으며 다니던 여행자들, 카우치서핑을 통해 머물던 공간들, 해변 도시의 흥겨움, 내내 켜놓던 TV 소리, 방 구하기, 흥정하던 날들, 아구아르디엔떼, 골목골목 사이로 걷기, 자전거 타기, 분수대에서 나를 몰래 따라오던 아이, 생선 냄새가 진동하던 내 가방, 꾸엔까의 온기, 깔리마의 열기, 넘어갈 때마다 매번 보여주었던 것, 오랜만이라는 감각, 이삐알레스, 열매를 따던 체험, 평상과 할아버지들, 선글라스, 폭포의 세찬 물줄기와 주위의 동식물, 볼라도레스……

임유영

2020년 문학동네신인상을 수상하며 작품 활동을 시작했다.

정확한 죽음의 시각을 기록하기*

20세기 한국의 한 성당 뒤뜰 감나무에 천사가 걸렸다. 유아의 모습을 한 천사는 두 개의 굵은 가지 사이에 커다란 날다람쥐처럼 엎드린 채 축 늘어져 있었다. 사제관에 기거하던 두 사람 중 젊은 사제가 새벽에 천사를 발견했다. 그는 늙은 사제에게 달려가 이 사실을 알렸다. 두 사제는 먼저 자신들의 목전에 현현한 기적 앞에 무릎을 꿇고 기도를 올렸다. 삶의 경험이 풍부한 늙은 사제는 가지에 걸린 천사를 찬찬히 살펴보았다. 말랑말랑한 순두부처럼 부드러운 광택이 도는 흰 피부. 수천 가닥의 금실과도 같이 빛나는 고수머리. 잠든 천사가 몸을 뒤척일 때마다 약간 접혔다 펼쳐지는 한 쌍의 흰 날개. 천사의 머리 뒤에서 은은하게 발광하는 완벽한 원형의 광배. 눈을 감고 새근새근 잠든 천사는 두 사람의 손에 닿지 않았다. 젊은 사제가 창고에서 사다리를 꺼내 오는 동안, 늙은 사제는 자신들의 속된 손으로 천사를 만지는 것이 현명한 일인가를 생각했다. 천사를 땅으로 모시고 온 뒤에는 어떻게 해야 할지도 의문이었다. 눈발이 날리기 시작하자 젊은 사제는 다시 달려가

담요를 가지고 왔다. 늙은 사제는 서울로 전보를 치러 가기로 했다. 그러는 동안에도 눈발은 굵어졌다. 땅 위로, 나무 위로, 천사의 몸 위로 눈이 쌓이기 시작했다. 우선 담요부터 덮어드립시다. 늙은 사제가 결정을 내렸다. 이에 젊은 사제가 나무 가까이 다가가다 놀란 목소리로 물었다. 저것이 무엇입니까? 그가 가리킨 나무둥치에서 가느다란 물줄기가 흘러내리고 있었다. 올려다보니 신선한 버섯갓처럼 귀여운 천사의 엄지발가락 끝에도 물방울이 매달려 있었다. 몇 방울은 늙은 사제의 발치로 후드득 떨어졌다. 망설임 끝에 젊은 사제가 입을 뗐다. 신부님, 이거 혹시 천사님의 오줌일까요? 늙은 사제는 성경의 어디에서도 천사의 소변에 대한 구절을 본 기억이 없었다. 두 사제는 축 늘어진 어린아이를 다루는 법에 대해서도 전혀 아는 바가 없었다. 그들은 다시 기도를 시작했다. 눈발은 거셌다. 천사의 가느다란 머리칼과 속눈썹 위로, 장밋빛의 통통한 뺨과 약간 벌어진 작은 입술 위로 눈이 내려앉았다. 천사가 만들어낸 조그만 얼룩 위로도 눈이 쌓이고 있었다. 이윽고 눈이 천사와 천사의 자국을 완전히 뒤덮었고, 감나무 위에서 깜빡거리던 흰빛은 점차 희미해지다가 사라지고 말았다.

* 마르그리트 뒤라스, 「글」, 『마르그리트 뒤라스의 글』, 윤진 옮김, 민음사, 2018.

부드러운 마음

어데 그리 바삐 가십니까, 동자여. 바지가 다 젖고 신도 추졌소. 뛰뛰다고 나무라는 게 아니라 급한 일이 무엇이오.

이보, 여보, 나무아미타불, 관세음보살, 나 지금 아랫마을 개가 땅을 판다기에 바삐 가오. 개가 주인도 안 보고 밥도 아니 먹고, 빼빼 말라 거죽밖에 남지 않은 암캐가 땅만 판다 하오.

그 개 물 주어봤소?

그 물 주러 가는 길이오, 그래 내가 이래 다 쏟아 온 데 사방이 추졌소.

동자승아, 동자여, 뚜껑 단단히 닫고 가소. 여기 물 더 있으니 모자라면 부어 가소. 보온병에 뜨신 커피 있으니 이것도 가져가소.

필요 없소, 필요 없소. 무슨 개가 커피를 먹는답디까?

당신 행색 보아하니 혹 땡중이오? 우리 주지 스님 힘이 장사다.

그 개 다 틀렸다, 개가 땅을 파면 죽는다.

동자가 쌩하게 뛰어 개 키우는 집에 가보니 개는 벌써 구덩이에 죽어 늘어져 있었다. 동자가 개에게 물 뿌리려는 것을 주인이 잡아 옷을 싹 벗겨 빨아 새 옷으로 갈아입히고 개 무덤에 흙을 뿌리게 하였더니 동자가 엉엉 울다가 개 무덤에 대고 아이고 개야, 개야, 너 전생에 사람이었는데 외로이 죽고 개로 태어났다가 또 혼자 죽으니 두 번 다시 태어나지 말라, 태어나지 말라 수차례 외쳐 일렀다.

동자의 말을 들은 사람들이 모두 웃었다.

부드러운 마음

산에 자주 가는 편이 아니라서요.

계곡 근처 지나다가 버드나무 밑에 앉았습니다.

그냥 흙을 파고 놀았는데요.

구덩이를 만들고 만들다가 아주 오래된 걸 발굴했거든요.

저는 그걸 보자마자 알았는데요.

아, 이건 귀한 물건이구나.

요즘에는 오래된 것은 흔치 않고

흔치 않다는 건 귀하다는 거잖아요.

그걸 주머니에 집어넣고 집에 가서

샤워기 틀고 살살 씻어보니까요.

흙이 다 씻겨 나가고요.

남은 건 제 손에 쏙 들어오게 작은

병甁이었는데요.
허리가 호리호리하고요.
빛나지는 않고 푸르스름하게 흐린
유리병 같은 것이었는데요.

저, 선생님 산책로에서 주무시는 거 봤어요.

뚜껑은 꽃봉오리 모양이었고요.
그걸 뽑아보았더니
갇힌 물이 좁은 물길을 만난 것처럼
짙고 신비로운 향내가 잔뜩 흘러나왔습니다.

쑤욱 빠져나온 향기는 저의 무릎 아래로 고여서
마치 머뭇거리는가 싶더니,
배수구로 한꺼번에 빨려 들어가고 말았습니다.

제가 선생님, 거기서 주무시는 거 봤거든요.
그런데 벌린 입으로 침까지 흘리시면서 주무시는 꼴을 보니
징그럽기도 하고

그래서 그냥 지나쳤습니다. 죄송합니다.

화장실 문을 열어보신 어머니가
방향제 같은 거 이제는 사 오지 말라고 하셨습니다.

저는 복이 없는 사람일지도 몰라요.

미래는 없고요.
전에 없이 지금도
없고요.

병을 흔들어보았지만
더는 아무것도
나오지 않았습니다.

선생님의 입에서 흘러내린 맑은 침 줄기가
셔츠 칼라를 적시던 광경만 저는
기억이 나요.

고린내가 진동하던 그날 앵봉산 산책로에
큰대자로 누워 계시던

선생님. 선생님.

언제 눈을 뜨시려나.
살아 계신 분을 묻어드릴 수도 없었고요.

선생님을 보았다고 말하면 안 될 것 같았는데,
전 누가 저를 보았다고 할까 봐.

제 마음에 대해서만 생각한 것이었어요.

꿈 이야기

사월의 한낮이었다. 벚꽃이 절정이라기에 점심을 먹고 집을 나섰다. 오랜만에 가벼운 옷을 입고 나들이를 나가려니 기분이 좋았다. 걷다가 지름길을 두고 일부러 둘러 가기로 했다. 여학교를 지나 공원으로 이어지는 길에서 감색 세일러복을 입고 달려가는 여자아이를 보았다. 아직 수업이 끝나지 않았을 시각인데 아이는 멀리 공원 쪽으로 재빨리 달려갔다. 나중에 보니 역시 교복을 입은 남자애가 자전거를 대고 기다리다가 여자애를 뒤에 태우고 가는 것이었다. 그러다 사거리에서 그만 사고가 났다고 한다.

사고가 나서 여자아이는 죽어버렸다. 나는 그날 꽃은 못 보고 돌아가던 길에 교복집 하는 늙은 남자에게 이상한 이야기를 들었다. 그는 아이의 뒷모습에서 죽을 징조를 벌써 보았다고 주장했다. 첫째로 그날따라 여자애의 그림자가 무척 옅어서 보이다가 안 보이다가 했고, 둘째, 하얀 토끼인지 개인지 작고 사람은 아닌 것이 날래고도 사납게 그 뒤를 쫓고 있었고, 셋째로 사람이 달리는데도 한 갈래로 땋아 내린 머리카락만은 전혀 흔들리지 않더라는 것이다. 그러나 나는 그 영감의 말을 곧이 믿지는 않았다. 무릇 꿈이란 뇌에서 배출된 찌꺼기에 불과한데, 그런 꿈을 해몽한다는 자들의 말 또한 사람을 현혹하는 얕은수일 뿐이다. 그 증거로 나는 사월의 화창한 대낮에 꽤 오래 걸었음에도 전혀 땀을 흘리지 않았다.

어쨌거나 나는 붓을 들어 이 이야기를 종이에 옮겨 적었고, 사람들이 잘 볼 수 있는 벽에 붙여두었다. 후에 그것을 마음에 들어 하는 사람이 있어 적당한 값을 받고 팔았다.

헤테로포니

방과 후 문예반에서 소녀들은 정확한 문장을 쓴다.

소녀들은 또래들보다 빨리 읽는다. 소녀들은 하나의 문장을 시작하고 끝낼 줄 안다. 여러 개의 문장을 잇고 쓸데없는 문장을 뺄 줄 안다.

소녀들은 이야기를 빈틈없이 전개한다.

곁으로 새는 법 없이 기승전결의 구성을 만든다.

소녀들은 쓴다. 향후 과학기술의 발전을 맞이하는 청소년의 올바른 자세에 대해. 개인적 차원과 사회적 차원에서의 성폭력 방지 대책을 제시하고 광복을 기념한다. 조국의 통일을 염원하거나 반대한다. 선조들의 기상을 찬미하고 독립 열사를 추모한다.

소녀들은 어제 옆집 아저씨가 엄마한테 시비 거는 광경을 보았고

소녀들은 요새 친구들과 은근히 멀어진 것 같다고 느

낀다.

소녀들은 교실에서 쓰고, 때가 되면 야외에 나가서 쓴다.
그중에서도 잘하는 소녀들은 시외버스를 타고 다른 지역에 가서 쓴다.

소녀들이 쓴 글 중에서 잘된 글은
문예반 선생님이 본보기로 뽑아 낭독해주신다.
선생님은 시인이다. 봄에 피는 꽃, 여름에 우는 새에 관해서 쓰시고
자신이 발표한 시를 소녀들에게 낭송해주시기도 한다.
소녀들은 그것들이 턱없이 단순하고 유치하다고 느끼지만
동시라서 그렇겠거니 싶다.
선생님은 여러 권의 시집을 내셨고

선생님의 시 중에 죽거나, 죽이는 글은 없다.
소녀들도 죽거나 죽이거나 죽고 싶다고 쓰는 대신
돌아가신 할머니가 그립고 동생에게 미안하다고 쓴다.

소녀들은 선생님이 친구의 글을 읽어주는 걸 듣다가

가끔 눈물이 날 때가 있다.

죽음과 눈물과 폭력과 섹스와 오물과 고통이라면, 소녀들은
역사를 잊은 민족에게 미래는 없다고 쓰고 치워버리지만

어느 여름 오후

선생님이 사과 한 알을 교탁에 올려놓고
그것에 대해 쓰라고 하셨을 때

소녀들은 죽음과 눈물과 폭력과 섹스와 오물과 고통을 생각하는
완벽한 방법을 알아낸다.

음악이 시작된다.

자연스러운 일

술을 끊은 지 여든 날쯤 지났나, 고등학교 동창인 Q와 연락이 닿았다. Q는 아이를 낳았다고 한다. 이미 첫째는 여섯 살이고 한 달 전 둘째를 낳았다고 했다. Q의 목소리로 그 소식을 직접 듣자니 가슴속이 따뜻하고 커다란 젤리로 출렁이는 것 같았다. 그는 여전히 온화하고 명랑했다. Q는 우리가 대학생 때 함께 종로에서 커피를 마신 적이 있다고 했다. 그리고 왜 이렇게 오랫동안 연락을 하지 않게 되었는지, 결혼과 출산처럼 큰일을 서로에게 알리지 않고 살아왔는지 궁금하다고 했다. Q는 휴직을 하고 고향에 내려와 있으니 옛 친구들 생각이 났다고 한다. 내 이름을 검색해보다가 내가 시인이 된 것을 알게 되었다고 했다. 고등학교 시절에 Q와 함께 있으면 그의 다정한 기운에 안심이 되었다. 그의 성장 과정이나 가족에 대해 낱낱이 알지는 못하지만, 그런 이야기를 나눌 필요도 느끼지 못할 정도로 Q는 산뜻한 사람이었다. 나는 늘 그에게서 내게 없는 부드러운 빛이 흘러나온다고 느꼈다. 일광욕을 하듯 그 빛을 쬐이며 한 시절을 보냈다. 스무 해가 지났지만 그의 목소리는 신기할 정도로 예전과 꼭 같았다. 월요일 오후였는데, Q의 목소리 사이로 갓 태어난 아가의 여리고 달콤한 음성이 간간이 들려왔다. 고향에 내려가면 Q의 집에 놀러 가기로 약속했다. 나는 그와 꼭 닮은 아이들을 만날 생각에 설렜다. 그 충만한 감정은 넘쳐흘러, 내 머릿속에 오랫동안 자리 잡았던 임신과 출산의 가능성을 포근하게 감싸더니, 촉촉해진 표면만을 남기고 사라졌다. 노력이 전혀 필요하지 않았다.

물 한 사발

나는 대체 무슨 생각으로 시를 쓰는가. 벌써 한숨이 나온다. 아마 불가해한 문제, 곤란한 상태, 상황, 사건들을 마주했을 때 쓰는 것도 같다. 시의 대략적인 구상을 끝낸 다음 쓰는 경우가 많지만, 머릿속에서 시가 끝났다고 생각했을 때도 막상 키보드를 두드려보면 예상치 못한 생각이나 리듬이 틈입한다. 그럴 때는 즐겁다. 반대로, 아무 생각도 못 하겠다 싶을 때 의미 없는 단어를 끄적이다가 거기에 빠져들기도 한다. 그 역시 즐겁다. 하지만 즐거움보다는 어려움을 훨씬 더 많이, 자주 느끼는 것 같다.

> 매일 책상 앞에서 다짐한다. 시에서 가족을 빼자. 집을 빼자. 몸을 빼자. 고통과 슬픔을 빼자. 아직도 피 흘리고 있는 사건들을 빼고 쓰자. 키우던 개와 고양이를 빼자. 유년기를 빼자. 소년기도 빼자. 구체적인 날짜, 지명과, 헛것들도 빼자. 귀신, 유령, 천사, 신, 무당, 모두 빼고, 산 사람과 죽은 사람을 빼고, 그래, 계절과 날씨도 빼자. 전부 다 빼고 쓰자.
> —「과거로부터」, 〈문학3〉 2021년 2월호.

그러니까 웬만하면 거절하고 거부하고자 하는 태도랄지, 마음가짐이랄지 하는 것이 있는 것도 같다. 이리 오라면 반드시 저리 가고 마는 마음 같은 것. 그럼에도, 아무리 도망치고 회피해도 결국은 굴복하여 말하게 되는 과정이 나의 글쓰기일지도 모르겠다.

자주 떠오르는 풍경이 있다. 처음으로 대학에서 글쓰기 수업을 들었을 때의 일이다. 수업 초반에 학생들은 자신에 대한 에세이를 준비해 발표하기로 했는데, 발표 당일에 나는 무척 당황했다. 많은 학생들이 자신에 대한 글을 발표하다가 눈물을 흘렸기 때문이다. 그들 대부분이 여성이었는데, 나는 그 상황을 어떻게 받아들여야 할지 혼란스럽고 두려웠다. 그래서 나는 그 일을 창작 전공 학부생들의 호들갑스럽고 예민한 분위기 속에서 일어난 조금 우스운 에피소드로 취급하기로 마음먹었고, 그 뒤로 몇 번 수업을 나가는 둥 마는 둥 하다가 그만두었다. 그러나 그 후로 십수 년, 울먹이던 여자들의 목소리가 귓전에 들러붙은 채 살아왔다. 고작 자신을 설명하는 것만으로, 불안해하고, 공포에 질리고, 고통에 잠기고, 우는 여자들. 이제 그들의 얼굴이나 글의 내용은 기억나지 않지만, 그 소리들. 떨리는 음성, 참는 몸짓, 헛기침, 어색한 말투, 갑자기 터져 나오는 울음, 간신히 갈라진 채 튀어나오는, 제어되지 않는 목소리들.

내가 그때 그들만큼 솔직했더라면 나의 삶이 조금 달라지지 않았을까, 이것은 최근 쓰면서 자주 하는 생각이다. 그때 도망치지 않고 그 사람들과 수업을 끝까지 들었으면 좋았을 것이다. 그들을 경멸하는 대신에, 나 자신을 경멸하는 대신, 그들에게 티슈라도 뽑아 주었더라면, 나의 눈물을 훔치고, 나는, 도망치는 대신, 그들에게 박수는 아닐지언정 짧은 눈길이라도 보냈더라면, 그러니까 나 자신에게. 도망치지 않고, 내 단단하고 높게 쌓인 우울과 슬픔과 절망의 벽을 홀로 더욱 두텁게 보수하는 대신, 아, 그 벽에 찬물이라도 한 사발 끼얹어보았더라면.

한동안 여성 시인들의 첫 시집을 찾아 읽었다. 그들의 최근 대표작 대신, 꼭 처음, 첫 시집이어야만 했다. 그 책들을 읽으면 아무것도 쓰고 싶지 않았고, 쓸 수 없었고, 이따금 무엇이든지 쓰고 싶어졌다. 중간이 없었다. 그들처럼 나를 바닥까지 가라앉히고 끝까지 밀어붙이고 싶지만. 나는 이제야, 뻔뻔하게도, 그러나 어설픈 포즈조차 제대로 취하지 못하고 있다는 생각. 내가 어디서 무얼 하고 있는지는 아직 깜깜하지만, 그래도 가고 싶은 곳이 있다.

〈시 보다〉 기획의 말

시의 시대가 사라져버린 것 같던 시간 속에서 젊은 시인들과 그들의 낯선 감각을 다시 읽어준 독자들이 출현했다는 것은 기적이 아니다. 모든 헛된 풍문을 뚫고 한국 문학의 심층에서는 본 적 없는 시 쓰기와 시 읽기가 끊임없이 시도되고 있었다. 〈시 보다〉는 시 쓰기의 극점에 있는 젊은 시 언어의 운동에너지만을 주목하고자 한다. 지난 1년 동안 문예지에 발표된 등단 10년 이하 시인들의 시에서 아홉 명의 시를 가려 뽑았고, 그 시인들에게 추가로 신작 시와 산문을 부탁했다. 1년에 한 번 이루어지는 이 작은 축제는 선별의 작업이 아니라, 한국 시를 둘러싼 예감을 함께 나누는 문학적 우정의 자리이다. 우리가 체험하는 것은 젊은 시인들의 이름 너머에서 꿈틀거리는 '시'라는 사건 자체이다. 시인은 동시대가 소유한 이름이 아니라, 동시대의 감각을 발명하는 존재이다. 시는 도래할 언어의 순간에 먼저 도착해 무심한 표정으로 우리를 기다리고 있다. 지금 '시 보다'라는 행위는 시'보다' 더 고요하고 격렬한 세계를 열어준다.

선정 위원 강동호 김언 김행숙 이광호 이원 조연정